岬

附・東京災難画信

竹久夢二

作品社

岬

附・東京災難画信

目次

装画

竹久夢二

「露台薄暮」

#　岬

自画自作小説「岬」について

竹久夢二

いよいよ明二十日の本欄へ、「岬」が連載されることになりました。

読者諸君へ、作中の主要人物に就《つ》いて、予《あらかじ》め御紹介しておきたいと思います。

お話は、三人の人の口から、三人の女性について話される形式になっています。

第一の話に出てくる女主人公は、モデル娘です。これは教養のない田舎《いなか》娘《むすめ》であるが、純朴な素質と、すぐれた魂の持主です。卑しい境遇にいながら、正しい自分の道を見出《みいだ》して、白熱した愛の火中に身を投じたが、幸いにも再び、男の強い腕に命をとりとめ、静かな純情と、幸福の中《うち》に生きてゆくというお話です。

第二の話の軍人の妻は、日本の古い家庭主義の中に育った、貞淑で内気な消極的な愛を描いたので、夫の無実の嫉妬にわずかに反抗して、死んで身の潔白を明《あきら》かにするという話。

第三の伯爵夫人は、所謂《いわゆる》「危険なる年齢」に達した上流の婦人が、爛熟した肉体と、いまや過ぎ去ろうとする青春に別れる焦慮から、夫ならぬ男に身を任せ、少女時代の夢をわずかに取り戻した刹那《せつな》、夫のピストルの下《もと》に倒れ、心残りなく死んでゆく女性を描いたのです。

　毎日のように男女関係の新しい問題が起こりつつある現代の日本に、これは紳士諸君も、一口に「女のこと」として考慮の外《ほか》におくことの出来ない最も痛切な問題ではないでしょうか。何故《なぜ》なれば「女のこと」であるからには、逆に言えば「男のこと」であるからです。

　この小説が何等か、この問題に新しい材料を加える点で意味があると思うのです。作者は、この女達の貞操については、何等の批判も解決も与えようとはしませんでした。作者は読者諸君の批判を、切に聞きたいと思うものです。

1

岬は黄昏《たそがれ》の微光に包まれて、青白い海の中に黒く重く横たわっている。折から、点《つ》きそめた灯台の光は、暮れてゆく夕暗《ゆうやみ》の靄《もや》の中に淡いしずかな線を投げていた。

この時、岬から松原の方へ、一人の男が揺籃車《うばぐるま》を押してゆくのであった。車の中にはやっと二十《はたち》を越したかと思われる年頃の女が乗っている。

女は病人でもあるのか？　それにしてはあまりに晴やかな顔をしている。彼女は、始終男の視線を追いながら、黙りがちな彼に話しかけては、彼の同意を得ると嬉しそうに微笑《ほほえ》んで見せるのであった。

男は看護人だろう——か？　髯《ひげ》は伸びるに任せ無造作な服装はしているのだがどこか調子の高い纖細な品の好ささえ見えるのであった。

そこは九十九里の北端、犬吠岬の避暑地である。海浜ホテルの露台では、早い夕餉《ゆうげ》を終えた見知り合の避暑客が数人、雑談に耽《ふけ》りながら、期せずして、この不思議な光景を見たのである。

揺籃車に乗せられてゆく女と、そしてそれを押してゆく男とが、浅黄色の空を背景にして、影絵のように過ぎてゆく。

灯台の微光は、ちらちらと廻転《かいてん》の度《たび》に、二人の横顔を照す。

なんという謎めいた、劇的の場面であったことか。

「ほう！」避暑の一人は、椅子から立上《たちあが》りながら叫んだ。

2

どこの避暑客にもありがちな、露骨な好奇心に自分を制することも忘れて、その男は、露台の欄干《てすり》から肥《ふと》った身体を乗出《のりだ》しながら

「女はなかなか美人だよ、一体、何だろうね」新しい話題を見出《みいだ》したことを、ひどく喜びながら友達を見返って言った。

「寺井さん、お羨《うらや》ましいんでしょう」

一座のうちにいた櫛巻の女が、肥《こえ》た男の方へそう呼びかけた。

「君はあの女を知っているんですか、じゃひとつ話してくれたまえな」

寺井と呼ばれた男は、櫛巻の女にたのんだ。

「そりゃもうお気の毒な話なんだけれど、寺井さんなぞに聞かせてあげるのは勿体《もったい》ないわ」そうは言ったが、女はこの話に充分な感激を持っていたし、他の客達も話すようにすすめた。文明人は、恰度《ちょうど》野蛮人が酒を好むように、他人の不幸を聞くことを好んだし、女は殊《こと》に憐れな話に涙を流すことが好きだった。

「聞かせてくれませんか、僕は時々灯台の下であの人達を見かけて、何だか知らないが、とても同情しているんです」

そう言って、女の方へ椅子を寄せたのは、医科の学生の林だった。

「では聞かせてあげましょうね」

櫛巻の女は、話しはじめた。

「あの女の方は、足が起たない不具なんです。それも生附《うまれつき》じゃなくて、なんでも十七の時とかに死ぬつもりで高い所から飛降《とびお》りて、足だけ折れて生き残ったんです」

3

どこから話出《はなしだ》したものかと、櫛巻の女は、吸いさしの煙草《たばこ》を海の方へ投げすてた。

「名前を言ったら御存じの方もあるでしょうが、葉山さんと仰言《おつしや》る絵描きさんです。私どもにはわからないのですが、今から七八年前、あの方がまだ学校にいってらっしゃる時分から天才とやらで、先生からも仲間からも、随分と望みを有《も》たれていなすったそうです。それがあなた、どうしたはずみか、学校を出て外国へゆく間際になって、外国行もやめるし、ふっつり絵も描かなくなったって言うんです。そしてこんな辺鄙《へんぴ》な海岸へ家を建て、あの揺籃車《うばぐるま》の女の人と二人で住んでいるんです。ほら、岬の向うの君が浜の松原の中に、病院のような家があるでしょう、あれがそうですの」

「じゃあの女が細君なんだね」

「まあ待ってらっしゃいよ、寺井さん。戸籍調べの巡査《おまわり》さんじゃあるまいし、名目は何だって好いじゃありませんか。夫婦と名がつかなきゃ命がけの恋が出来ないって法はないでしょう。あなたのように仲の好いのを妬《やつ》かむ人は、葉山さんの草履の塵《ちり》でも煎じてのむと好いんだわ」

「ほう、こりゃ手厳しいな」

寺井は、大げさに頭をかいて見せた。

「さあ、先をお話しましょうね」

静かな海から、ざ、ざ、ざとよせてくる浪と、かえる浪につれて、ころ、ころ、と鳴る浜の小石のすれ合う音のほか、女の話を邪魔するものはない程、静かだった。

4

葉山草太郎が、美術学校の学生であった頃は、日本では一品洋食と自然主義の全盛時代であった。従って自然科学の影響が美術学生にまで及んでいた。水墨山水の日本画の大家や、春信や歌麿の遺産で居喰《いぐい》をしている美人画の先生でさえ、実在とか実写とかを云々するし、自然主義と言えば、情《こころ》や恋はぬきにして男と女とが無節操に離合することだと、唐物屋の隠居はもとより、相当の紳士さえそう思っていた。まあ世を挙げて唯物主義の時代になろうとしていたのです。

この時代の風潮に逆行して、葉山はその卒業製作に「久遠《くおん》の女性」という、ひどくロマンチックな画題を選んだ。これは彼の夢みがちな性情にも因《よ》ることは無論だが、唯《ただ》一人時代に反逆の旗を翻したものであった。

「久遠の女性」のモデルになる女は、必ずしも処女でなくても好かったが、いつまでも処女性を失わない、夢を捨てない女性でなくてはならなかった。彼はそんな女を探していた。

来年の春、学校を卒業しようという年の十一月、彼は学校の裏庭で、はからず一人の娘を見た。

それは、春が急に帰ったかと思われるような暖かい朗かな朝です。空は高く澄んで、ロシア藍の中へ牛乳を落したような雲が、裸木の上にふわりと浮いていました。学校の裏庭と動物園の境にある大きい椎の木の下で、その娘は一生懸命に、うつむいて何かしら拾っているのです。

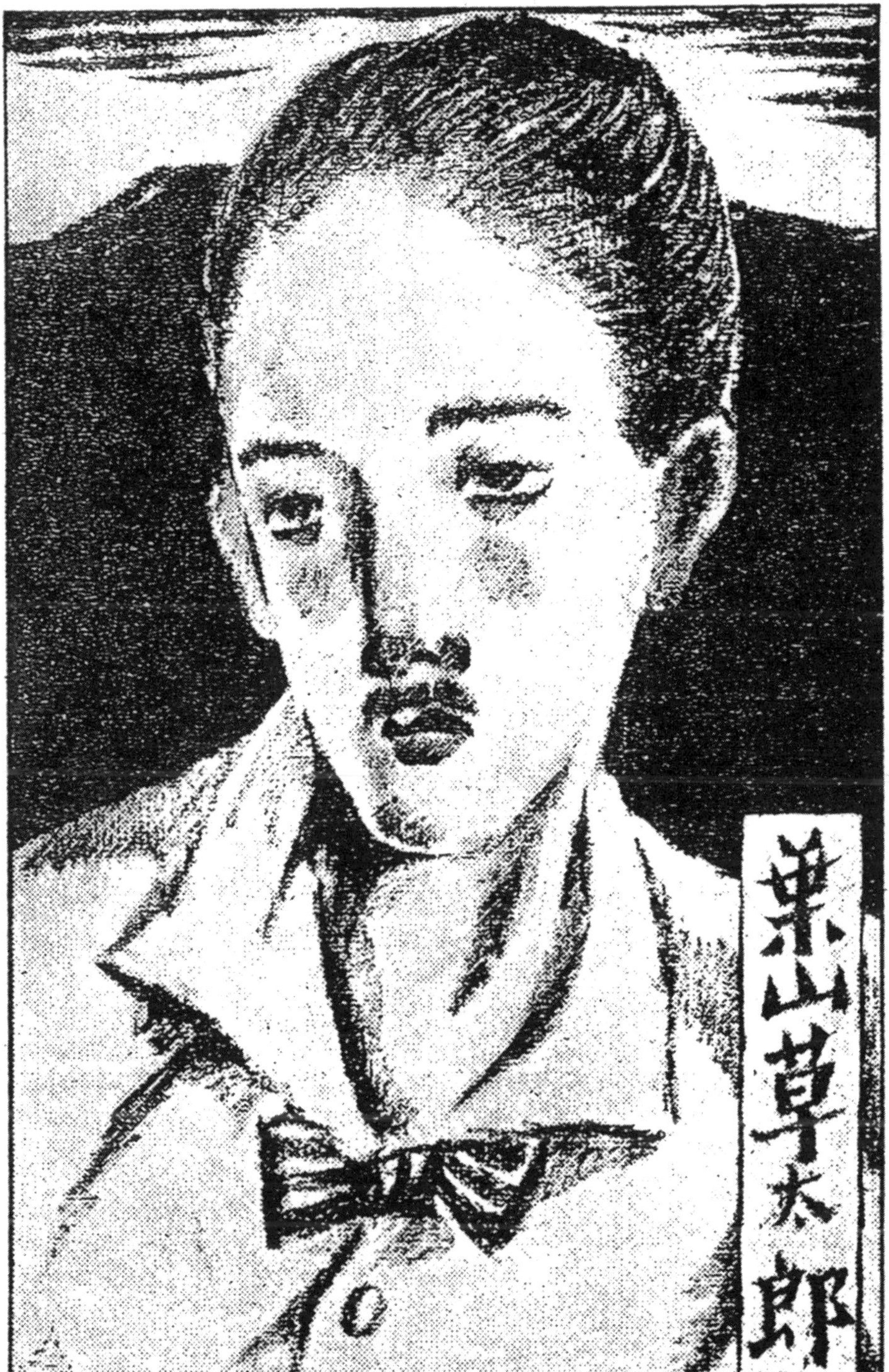

巣山草太郎

5

娘は見たところ十五六でした。何という髪だかわからなかったが、葉山の生れた国の方で、子供の時分娘達が結っていた「お煙草盆」のようでした。二百三高地とかハイカラとかいう髪の流行《はや》る頃だったから、こんな古風な髪形がまず葉山の心を引いたに違いありません。着物は、手織の大名縞《だいみようじま》の綿入に、時代のついた紫フクリンの帯を締《しめ》ていました。

椎の木の梢《こずえ》から、やっと太陽が黄《き》ろい光を投げる時刻で、庭には人影一つ見えず、ひっそりとした褐色の木立の中のこの景色は、そっくりロセッチの物語絵だなと、葉山は考えました。

静かに、落葉を踏んで歩いてくる足音を、娘はすぐに気附きました。娘はまっすぐに顔をあげると、そこに眼のやさしい、ほっそりした書生さんを見ました。娘は挨拶のかわりに、黙って微笑んで見せました。

葉山は、その眼の中に、素朴な自由な小鳥のような娘の心を見ました。待ち望んでいたものが来た。葉山はすぐ自分の仕事を考えた。

「君は、学校へお手本にきたの?」

娘は黙って点《うなず》いた。

落葉の中にこぼれた椎の実を拾っては、膝の上へかさねた袂《たもと》の中へ、一つずつ入れる仕事を、娘はやめませんでした。それは側に人がいることも知らないような自由さで。

葉山は、娘の耳の下から肩の方へ流れた線のしなやかさや、若木の枝のような健康な手足を見逃さなかった。

6

月曜日は、定《きま》って学校へ出入するモデルの男女が集まってきて、その雇主《やといぬし》に顔見世をする日だった。その日も恰度、月曜日だった。

「君は今日はじめて出たの」

「…………」娘は黙ってうなずく。

「君は、僕のお手本に来てくれるだろうか」

娘はお手本の意味がわからなかったので、葉山の顔を見あげた。

「僕の所へたのまれて来てくれる？」

娘は点《うなず》いた。

「じゃ学校の方は僕が話しとくから、今日午後からすぐ来てくれたまえ。好いかい、これは僕の所だ」

葉山は、スケッチの紙片へ、所と名を書いて、娘に渡した。

「じゃ好いね」

葉山はそう言って、ずんずん門の方へ歩いていってしまった。

「さあ、素晴らしい永遠の女性が描けるぞ！」葉山はそう思うと、製作慾《せいさくよく》が血管の中をはちきれそうにぐんぐん流れてゆくように思った。上野の森の中を飛ぶように歩いた。

「写実だって、馬鹿！　眼で物を見て描けって！　心で描いちゃ何故《なぜ》いけないんだ！　眼と手ばかりミイラ奴《め》」

葉山は、彼の前を呑気《のんき》そうに歩いてゆく夫婦連れや、べら棒に長い剣をがちゃつかせてゆく士官の頭の上を、ぴょいと飛超えてやりたいような衝動を感じながら、はずんだ心持で、ずんずん三橋の方へ歩いた。

7

葉山は、油絵具《あぶらえのぐ》とテレピンの買足しに、上野から神田の方へ廻《まわ》り道をした。須田町の角で彼等の仲間で巡航船と呼んでいる所の、カフェからカフェ酒場《バー》から酒場《バー》へ殆《ほとん》ど毎日同じ航路をとってそうつき歩く、一群の悪い仲間に出遭《でくわ》した。

「よう友達！　これから例の航海だ、お前も附き合えよ。金の獅子の鳩がとてもお前に大変なんだぜ」

「そうか」

「そうかはいけないよ。前週の会の時かなんかにお前が鳩に見染《みそめ》られたわけさ」

「なにしろ今日はいけない、仕事をはじめたんだ」

「あの方は天才はおあんなさるし、人間は真面目だし……鳩が言うには……」

「おい湯川よせよ」外《ほか》の一人が酔《よっ》ぱらいの湯川を制しながら「葉山君、じゃ好いお手本が目《め》っかったんだね」

「ああ、どうにか描けそうなんだ。じゃ失敬するよ」

「失敬」

「永遠の童貞が永遠の処女を目っけたわけだね、おい皆で葉山のために祝杯を挙げようよ」

一群は帽子を振って、金の獅子の方へ歩き出した。

葉山は、神田で買物を済まして、まっすぐに郊外の画室へ帰っていった。

そこには純白の画布《カンバス》が葉山を待っていた。

8

葉山は、画室へ帰ると画架の前に立って、長い間じっとカンバスを見つめていた。それからポケットから時計を出して見た。

十一時半！

まだモデルが来るまでに一時間はあった。

本屋《おもや》の雇婆さんにベルをおしてパンと缶詰をもってくるように言いつけて、酒精《アルコール》ランプでサモワルを沸かして、簡単な食事をとった。そしてストーブに火を入れた。

十二時十五分！

約束のモデルはまだ来なかった。

こんなに盛んな製作慾と、烈《はげ》しい熱情とをもって仕事をはじめたことは、曾《かつ》てなかったと彼は思った。

彼の仕事は、無常迅速に流れ去る月日のいとなみや、刹那《せつな》刹那に移ってゆく、幸福や不幸や、悲哀や歓喜を、彼の絵具の中へ塗り込むことだった。

彼女の肉体を借《かり》て、形なきものに形を与え心なきものに永遠の生命を吹きこむ創造の喜びと、同時に生みの苦しみを感じながら、葉山はまた画架の前に立っていた。

彼の溢れるような情熱と、自然が命ずる意志とを盛るに、このカンバスは、すこし小さいとさえ思われるのだった。

十二時半！

彼は、画室の中を、瞳を輝《てら》しながらぐるぐると歩き廻った。

その時、入口の戸の方で、低い短いベルの音がした。

9

娘は、葉山の書いてくれた所書の紙片をもって、目白駅を出ると構内の車夫に道をきいた。彼女は世話になっている彼女の姉の谷中の家から、時たま浅草の活動を見にゆくほか一人で東京の街を歩いたことはなかった。片側街を出はずれると、そこはもう田圃道《たんぼみち》だった。都にもこんな田舎《いなか》があるのに驚いた。いつぞや電車の中で、どの女も絹の着物や縮緬《ちりめん》の羽織を、お祭りでも婚礼でもないのに着ているのに驚いた時のように驚いた。

彼女は畑の道を走るように歩いた。車夫が教えた通り、桜並木を出はずれるとすぐ右手に、低い木柵を巡らした、活動で見るような古風な西洋造りの家があった。蔦《つた》のからまった林の低い小門に「葉山草太郎」と書いてあった。

北国の片田舎から不幸に追われて、はるばる東京へきて、彼女の仕事の第一日に、くぐるこの記念すべき門から、死骸のように傷ついて担《かつ》ぎ出される日のあることを、誰が予《あらかじ》め知っていたであろう。

彼女はおずおずと画室のベルをおした。戸は内から開かれた。そこには今朝椎の木の下で見た書生さんがいたので安心した。

「や、きたね、さ、入りたまえ」

「え」

画室の中は、青、紅、黄、紫のいろんな色という色、物という物が、ごたごた重なり合い交りあっている。彼女は与えられた椅子に腰をおろしてほっとしてしまった。

10

読者諸君、私達の「岬」の物語の第一の女主人公である所のモデル娘が、葉山草太郎の画室をはじめて訪ねていって、幾日の後、再び死骸のようになって運び出されるという、神様の思召《おぼしめし》なる不思議な運命の門を叩く場面が、昨日の文章であったにも拘《かかわ》らず、挿絵の方は、銚子海岸のホテルの露台で、櫛巻の女や、医科の学生が、またお目見えしています。

どこでどう間違ったのか、神様は一度与えた運命を換《かえ》て、不幸なモデル娘にこの不吉な門を潜らせまいとする、気紛れな思召しかも知れませんが、作者は、読者諸君への約束を破って、話しの筋道を換る気は、毛頭、ないのです。

否でも、応でも、娘の負ってきた不運な約束の道を、ずんずん歩かせねばなりません。

それで、今日またわざわざ、この娘をこの門の前へ立たせます。娘も、自分の身の上に明日の日、どんな事があるかは知らないでしょう、さあそれから先《さ》きを話しましょう。

11

　葉山は、先《ま》ず彼女を裸体《はだか》にすることの困難を感じた。

　モデルの出し入れを商売にしている婆さんの手伝いで、やっと着物は脱がせたが、いざ描くだんに逃げだして、便所の中へ入って中から戸を押えて、おいおい泣き出した小娘のことを、彼はいつか友人から聞いていた。

「君はお手本になるのは始めてだって言ったね」

「え」

「着ているものをすっかり脱いで、この台の上へ立つんだよ」

「はい」

「あのカーテンの中へいって脱いでおいで」彼女は、命ぜられた通りカーテンの中へ入っていった。

彼の心遣《こころづかい》は杞憂《きゆう》に過ぎなかった。彼女は、間もなく子供が水悪戯《みずいたずら》をする時のように小走りにカーテンの中から出てきた。それは緑の森を飛ぶ白い小鳥のように自由で、自然で、晴やかであった。

　それは、未知の前にたつはじらいもぎごちなさも感じないもののように、ただ自分の仕事を忠実に果たそうとするけなげさの外には何もなかった。

　それはまた、モデルを職業とし、その仕事に馴《な》れて熱意の欠けた女達の、もはや持つことの出来ない美点であった。

　葉山は、彼女の素晴しく美しい肉体より、小鹿の脚のようにすんなりした其《そ》の四肢よりも、彼女の素直な自由な心持を喜ばずにはいられなかった。

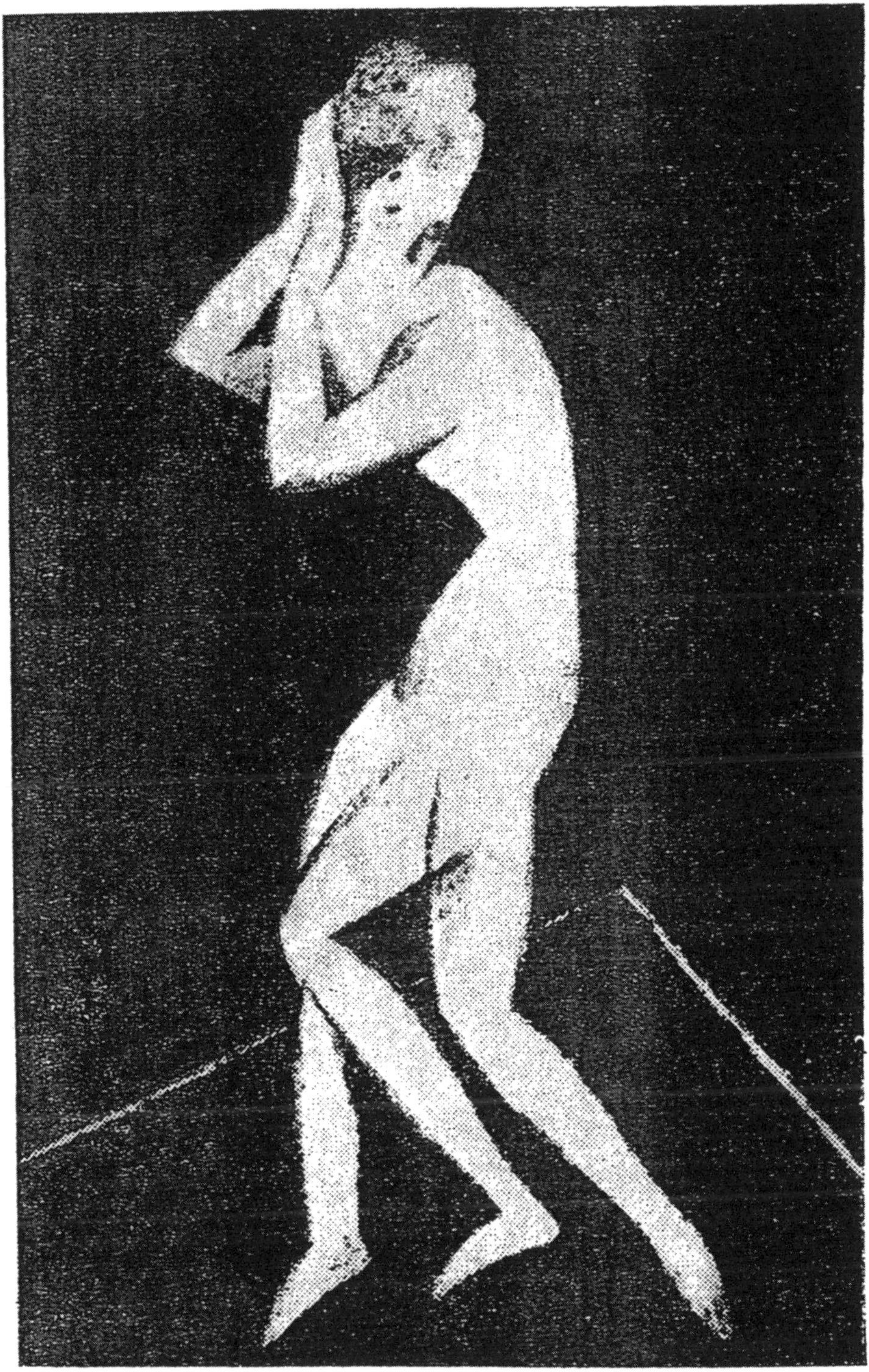

12

普魯西青色《プロシアンブルー》の布《きれ》を背景《バック》にして、彼女はモデル台に立った。彼は、画架を程よい位置に据え、木炭を握って、画布《カンバス》の前に立った。そして強い眼《まなこ》でぐっと彼女を見据えた。まるで、怒って睨《に》らめるのかと思われるほど烈しい強い視線であった。

それは、人体の美しさを喜ぶ享楽者の眼ではなく、幻影の秘密を越えて自然の叡智を探る、科学者の眼であった。

その眼が、睨らんでいるのでないことが、やがて娘にも解ってきた。折々、瞼《まぶた》を細めて遠い物でも見るようにした時の眼は、大変やさしいと思った。

熱心に画布《カンバス》に向っている時の彼は、実に怖いような顔をして、物言いも叱るような言い方をする人だけれど、三十分毎《ごと》の休みや、お昼飯の後の休み時間には、面白いことを言って彼女を笑わせるのであった。

彼女も、馴れない東京言葉で、ぽつぽつと彼女の生れた北の方の田舎のことなど話すのであった。庄内平野の北の隅で、羽黒山の麓《ふもと》に湯田川という小さな温泉場がある。それが彼女の生れた在所である。

庄内平野の都である鶴岡は、北国の京都と言われるほど、水の清い女の美しい町だと、葉山も誰かに聞いたことがある。

今頃は、山には栗や木通《あけび》が実り、裏の畑には、今年も柿がどっさり生《な》ったろうと、そんな他愛ないことを、娘は話すのであった。

13

葉山の製作が捗《はかど》るにつれて、彼女も、その仕事に馴れてきたし、昼の茶を入れたり、絵具箱や書物机の掃除も出来るようになって、彼女は、今では彼の日常生活になくてならないものになっていた。

彼女が葉山の画室へ通い出してから一週間ほど過ぎてから、その日の仕事が終えて茶を呑んでいる時であった。

「君の名は何と言ったっけね」

「あら、もうお忘れになったんですか、中川みき」

「な、か、が、わ、み、き、好い名だね。奇麗《きれい》できかぬ気で、やっぱり君に似ているね」

「まあ、そんなことがお解りになりまして」

「解るとも、その人の心は眼を見りゃすぐ解るよ」

「そうでしょうか」

「ちょっと手を出してごらん、運勢を見てあげよう」

おみきは、笑いながら手を出した。

「ふん、世間並に言えば、みきちゃんは随分苦労が多いんだね。しかし、ぼくに言わせれば幸福《しあわせ》だが、近い内に大変なことがあるよ」

「それはどんなことでしょう」

「ほら、これが愛の線なんだよ。こいつが太くて深いが、ここまできて割れて消えているんだ」

「悪いことがあるんでしょうか？」

「みきちゃんは、今いくつだっけね」

「十六です」

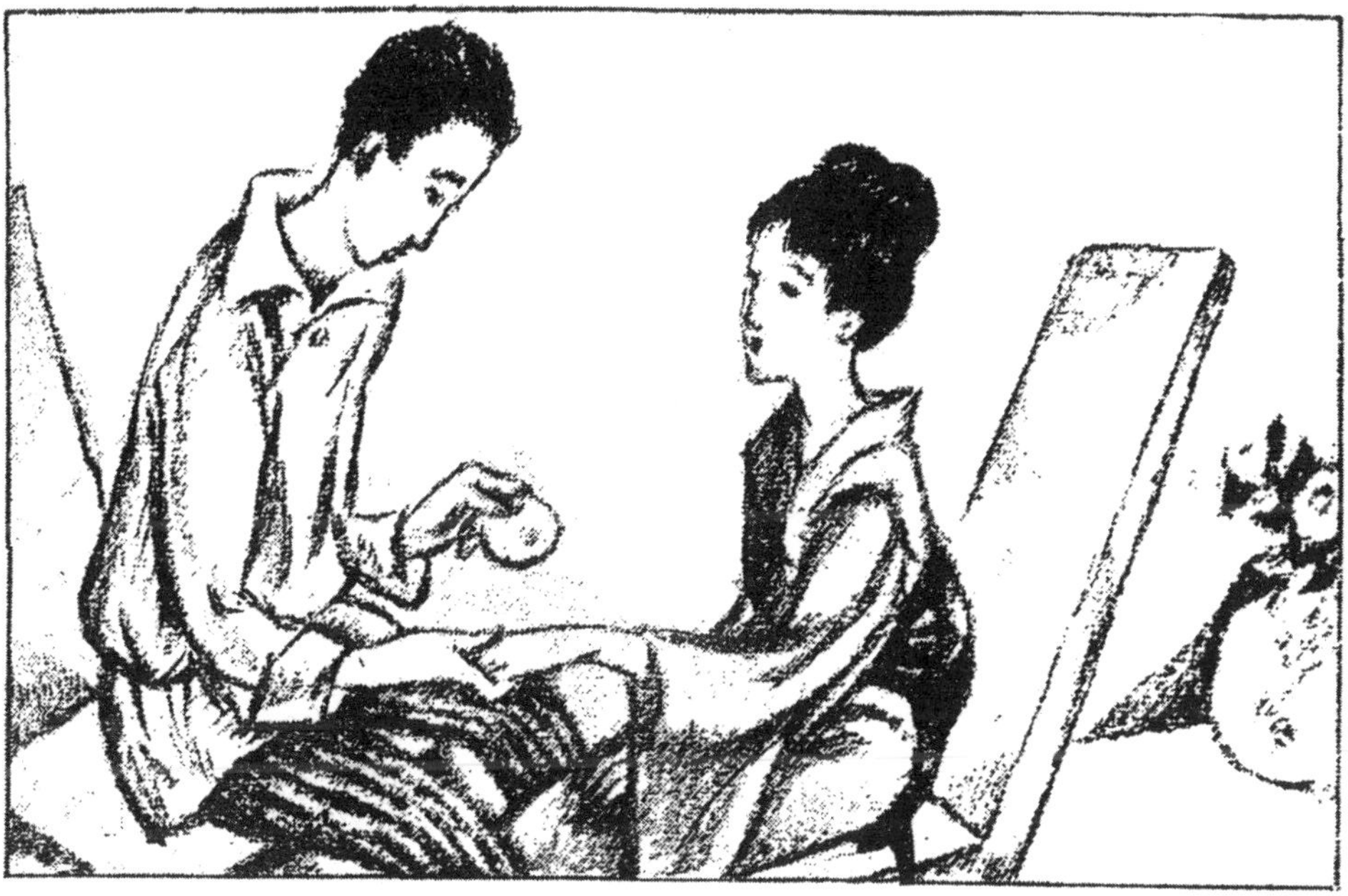

14

慰みに占った手相が糸口になって、おみきは、その不幸な身上話を、葉山に話した。

おみきは、先刻《さつき》も言ったように、庄内の湯田川という温泉場の宿屋の娘に生れたのだった。彼女の母親も、運がわるく最初の夫に死別《しにわか》れ、おみきには種違いの姉にあたるおよしを連子《つれこ》にして、この温泉宿へ再縁して、おみきを生んだのであった。おみきが九つの時、父親は長の病患《わずらい》で死んでしまい、姉のおよしは、新庄から酒田港へ鉄道が引けた頃で、鉄道の小役人に欺《だま》されて東京の方へいってしまい、先妻の子でおみきには義理の兄にあたる息子があったが、薄馬鹿で物の役には立たなかったし、母親はおみきの次に生れた乳吞児《ちのみご》を抱えて途方にくれていた。

父親の弟で、おみきには叔父《おじ》にあたる人はしっかりものではあったが、不幸な母子四人のためになってくれる人ではなかった。

二度あることは三度というが三度も五度もあるものだろう。母親は、村長の弟だという放蕩者に引《ひっ》かかって、気がついて叔父の家へ泣きついた時には、もう家も屋敷も飲まれてしまっていた。おみきはそんな不幸の中に育ったが、東京へゆけば、どんな好い仕事でもあろう。母や兄に仕送り位は出来ようかと今年の春に、姉をたよって東京へ、一人で出てきた。そして、姉が二階借している家の世話で、勧められて今の仕事をする気になったのだった。しかし、姉の生活については、さすがに葉山にも話さなかった。

15

十二月に入ってから、葉山の製作は、もはや素描《デッサン》を終えて着色にかかった所だった。素晴らしい意気込で素描《デッサン》の時には、しっかりものを摑んで描いたのに、絵具を塗ってゆくに従って、力のある描写がだんだん沈んで、色彩ばかりが感情的《センチメンタル》にうわついてきた。それを気にかけだすと、こんどは反対に、色が濁って、だんだん暗くなってゆくのだった。

その原因を、彼の技巧の未熟に帰することは、彼の自信が許さなかった。ではその他に彼の腕を鈍らす原因が何かあったであろうか。彼はその一点にふれることを、甚《はなは》だ好まなかった。何故ならば、彼はそのことについては意識的にではないが、自分の心のそばに、やさしく寄添《よりそ》うものを感じていたから。

しかしそれを絵具の濁る原因にすることは彼の潔しとする所でなかった。彼は、自分に腹をたてた。そして、自分を責めた。

葉山は画布《カンバス》の上で絵具をこねまわしながら憎悪に充《み》ちた眼でモデルを瞰《にらみ》つけた。葉山のこの不機嫌な焦慮を見ると、おみきは、泣き出したいほど悲《かな》しかった。もし自分の身で出来ることなら、どんなことしても厭《いと》わないと思うのだった。しかし、どうすればあの不機嫌がなおるのやら、おみきには考えも及ばないことであった。

いつぞや、この人が喜んできいてくれた、おばこ節を歌ったら機嫌がなおるかもしれないとおもったが、いまやったら叱られそうなので、おみきは黙って立っていた。

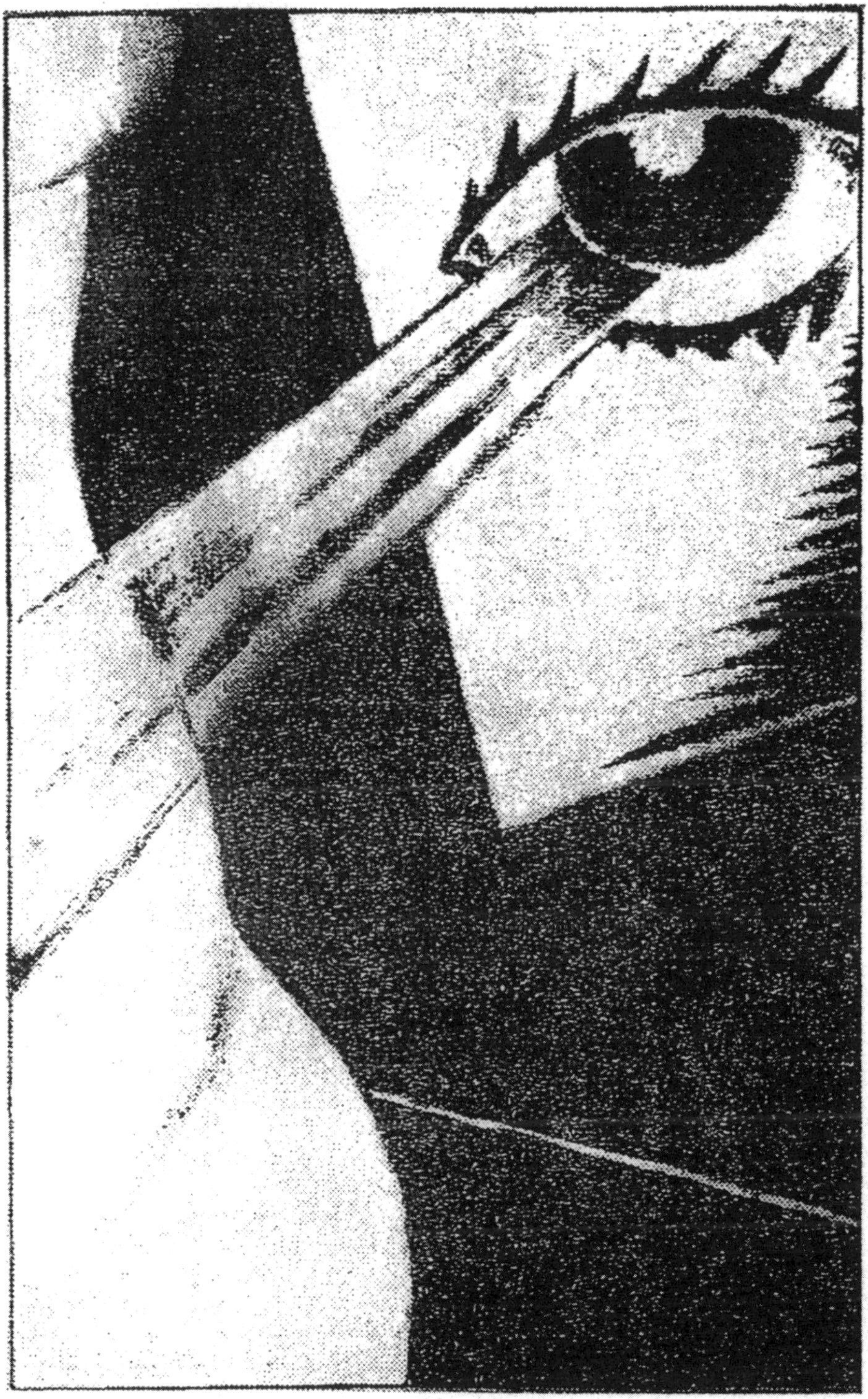

16

葉山が、おみきを帰して、一人ぼんやり煙草を吸っている所へ、同級の松浦が入って来た。彼は絵の前に立って
「やあ、だいぶ出来たね」

「駄目だよ」

葉山は、投げつけるように、絵の方へ顔をそむけて言った。

「君の〈ギターを持てる男〉はどうしたい、もう出来た？」

「描いちゃったがね、どうもモダンになりすぎたよ」松浦は、まだ絵の前を動かずに、

「君のこの普魯西青色《プロシャンブルー》と紅の諧調《ガランス》は、やっぱり君のものだね」

「いやそいつがいけないんだ。ブルーは濁るし、ガランスはうわついてくるしさ」

「ふん」松浦は、そう言って椅子に腰かけ、煙草に火をつけながら「君は、あの娘にラブしたんじゃないかね」

「馬鹿な！」

葉山は、一言《いちごん》の下《もと》に否定せねばならぬほど、それは葉山の好まないものであった。

「まあそう怒るなよ。君の天分を秤《はか》るんじゃないが、ひょっとするとあの娘は、君の永遠の処女より傑作かもしれないよ」

それはただ言葉の上の洒落《しゃれ》た比喩に過ぎなかったが、葉山のためにたのもしい親友であり、世故に長《た》けた友人の暗示として、いつぞや彼の聞かしてくれた「女に約束を与えるな」という独歩の警句と共に、いつまでも葉山の心に残るものであった。

17

約束もせず、知らせもなしに
鐘が鳴る
約束もせず、知らせもなしに
涙ぐむ

昨夜《ゆうべ》、松浦がギタで弾いた歌の楽譜が、昨夜のままにソファの上に散らばっていた。葉山は、よむともなしに、その歌をうたっていた。その時、戸口をノックして、紫紺の袴《はかま》を裾長にはいた女学生が、入ってきた。

「もうお眼ざめ」

臙脂色《えんじいろ》の手袋をぬぎながら眼で笑った。

「この頃は勉強です」

「おや、製作をなすってらっしゃるのね」

女学生は、画架の方へ近づいて、絵の面《おもて》をじっと見入った。それは絵を見るためでばかりでない、誰を描いたのだろうかということが女にとっては興味があった。

やがて彼女は、葉山の方へ近よりながら

「しばらく。いかがですの？　大変お元気そうに見えますわ」

「ありがとう、なかなか元気です」

「私、昨日試験がやっとすみましたの、随分お目にかかりませんでしたわね」彼女は、葉山のちょっぴりした髯を、沾《うる》んだ眼で見あげながら言った。「この冬はお国へお帰りなさいます？」

「帰らないつもりです」

「もしお帰りになるなら、御一所《ごいっしょ》にお伴して貴方《あなた》のお母様にもお目にかかりたいし、久し振りで生れた家も見たいと思いましたの」

18

彼女は、葉山の許嫁《いいなずけ》であった。それは未来の利害関係からではなく、過去の家族関係の義理合から取決めた妙な約束であった。彼女は、葉山と同じ肥前唐津の名門で、今は実業界に重きをなし、政治界にも隠然勢力を持っている金沢卓郎の愛嬢で、名を佐保子と言った。

佐保子の母親は、裕福な商人の娘であったから、佐保子の未来の婿としては、外交官とか代議士とか、もし望めるなら国務大臣が理想であったが、約束当時は、まだ彼女に何等の発言権もなかったのを、私《ひそ》かに残念がっていた。

そんな風に、金沢家では美術家の婿を喜んでいなかったが、ひとり佐保子は、葉山をひどく愛してもいないかわり、いやでもなかった。近い未来に負うはずの、芸術家の花々しい名声を想像して、娘らしい胸を躍らすこともあった。

葉山にして見れば、早く連合《つれあい》に死別れた一人の母親の気安めのために約束したのであるが、実は、まだ結婚や恋愛について何の考えも持たない年頃であった。今では、約束したことを唯一の出発点として結婚しなければならないという、世間並な考え方が気に入らないが、その他は、どうでも好かった。

来春は、葉山も佐保子も学校を卒業するはずであった。それを期として結婚させるように、葉山の母親は願っていた。冬の休暇に、葉山と共に帰郷するのは、佐保子の娘らしい空想でもあったが、息子の嫁に逢って見たい、葉山の母親の切な願いであった。

19

製作熱で頭が一杯になっている葉山にとって、結婚のことは、忘れた大きな重荷であった。

「では、ずっとこちらで製作なさるおつもりですの？」

「ええ、感興のあるうち続けてやっときたいと思っています」

「大変気のりがしていらっしゃるようですわね」

佐保子は、絵の方を振返《ふりかえ》りながらそう言ったが、葉山はそれには返事をしないで、それなり黙り込んでしまった。佐保子は絵のことをもっと聞きたかったが、葉山の何か沈んだ顔色に出会《でくわ》すと、出かかった言葉はみんな胸のとこで消えてしまうのだった。ストーブはしずかに音をたてて燃えていた。

葉山が田舎の中学を出てはじめて上京した頃、佐保子はまだお下髪《さげがみ》で小学校へ通っていた。お兄様と呼んだ時代が、なつかしく思出《おもいだ》された。恰度此頃《このごろ》のような冬の日であった。弟の凧《たこ》が庭の木へかかったのを取ってやるために木登りをして、降りられなくなって泣き出した所を、葉山さんに抱降ろされたことがあった。それは遠い日のようでもありつい昨日のようでもある。この人はこの人で私は私で、何の関《かかわ》りもなく育って、今はもう私に遠い人になってしまったように思われるのだった。昔のように手にすがって駄々をこねたいような甘えた気持にさえなるのに、そうさせない隔《へだ》てがあるのが寂しかった。

20

葉山の画室を佐保子が訪ねた同じ日の朝、おみきは、運命の別れ路《みち》に立っていた。おみきは、まだ葉山に話さなかったが、おみきの姉は本郷辺のある医者だという男に囲われているのであった。おみきも姉のそんな境遇は今日まで知らずにいた。田舎にいる時にも姉は鉄道の役人と東京の方で立派に暮しているものとばかり思っていたが、来て見るとあの頃の面影はなく、労《つか》れて荒《すさ》んで、貧しい二階住居《すまい》をしていた。

それでも東京へ出たての頃には、母親へ月々の仕送りもしてくれたし、おみきへと言って着古しではあるが、時節の着物だけは不自由なく送って越《よこ》したものであった。

人の噂には、本郷動坂とやらで、相当な家に住んでいたのに、あの辺の医学生だった今の男と知り合になって、旦那をしくじって家を追い立られ、ここの二階へ移ってきた時には、身の廻りのものも、衣類もみんなあの男に入れあげて着のみ着のままであったという。おみきの姉について知っているのはそれだけであったが、どんな道を通って来たことやらおみきには今の姉の心持さえ解らなかった。

今朝も、おみきの出かける所を、寝床の中からつかまえて、姉は言うのだった。

「今日は何日だと思っているんだい。暮の二十日だよ、お前。世間じゃ正月の用意だの、やれ春着だのと言っているのに、私達ぁ半襟一つ買えないじゃないか。お前さんやお母さんのお蔭《かげ》で私ゃいつまで苦労するんだろう」

21

「十六にも十七にもなって、手助け一つ出来ないなんて。お前さんだってそうじゃないか、田舎から出たきりのつんつるてんでさ、恥しかぁないかよ。あたいがお前さんの年にゃ、旦那衆から二円三円と御祝儀を頂いて、自分の事は自分でしたものだよ。身内の慾目かもしらないが、その位な容色《きりよう》に生《うみ》つけて貰《もら》ってさ有難《ありがた》いことじゃないかね。折角《せっかく》の美しい身体《からだ》を、しまっておいちゃ神様の罰《ばち》があたるよ。

　貧乏に生れた娘が、容色でも資本《もとで》にしないで、着物だって、お飯《まんま》一杯だって食べらりゃしないんだよ。その顔を売物にすりゃ、絹づくめでどんな結構なお屋敷にだって女中を使って住めるんじゃないかね。

　ねえ、おみきや。わたしゃ本当に、お前の身の為《ため》をおもって言っているんだよ。親身の姉なればこそ、誰がお前、こんな女の秘密を教えてくれるもんか。そりゃ世間の奴等は私のような境遇の女を、運がよけりゃよいで悪けりゃわるいで、道端の埃《あくた》のように言うけれど、ありゃ売れない女の嫉妬《やきもち》だよ。長い浮世を面白可笑《おかし》く通るのが身の徳さ。お前さんは何かと言や立派な口をおききだが、モデルだって女の屑じゃないか、人様の前で真裸体《まっぱだか》で突起《つったっ》てさ……」

「姉さん！　もう沢山《たくさん》、そんなに悪かったらやめます、姉さんの好いようにして下さい。あれだって私が好き好んでしたことじゃないんですのに、それを今になって……」

「そうですかよ、あたいのせいだとでも言うのかい」

22

「そりゃあ、あたしだって自分の好きな事もしてきたよ。してはきたが、自分一人で栄耀栄華をした覚えはないよ、お母さんにだってお前にだってするだけの事ぁちゃんとしてきたつもりだよ。お前が田舎にいる時分の、お母さんの不仕鱈《ふしだら》はどうだったい……」

「もう姉さん、その事は言わないで下さい」

「言うなと言や言わないよ。お前さんの恥はわたしの恥だもの。一体お前さんはどんな気なんだい。朝から晩まで稼いでそれで幾何《いくら》になるんだね。立派な仕事の為だとお前はお言いだが、人の為は金持のする事だよ。葉山さんとかは立派な人か知らないが、立派なら立派な御人のようにして下さるのが本当だよ」

「それは、あの人のせいじゃないんです。姉さんに今日まで秘《かく》していて、本当にわるいんですけれど、田舎のお母さんへ少しずつ送ってあげたんです。だから……」

「ふん、お前さんは利口者だよ。貧乏な姉に養って貰って、好きな男から金を貰って、親孝行をするなんて、私ゃ馬鹿なのさ」

「まあ、わたしあの人を好きだなんて、言やしませんわ」

「好きでもないものが朝から晩まで通いつめますかよ。一人で楽《たのし》みをするなんて、お前さんもなかなか隅におけないよ。どんな仕事か知らないが、丸二月もつききっりでする仕事がどこの世界にある。あんまり馬鹿におしでないよ。私ゃ馬鹿だけれど、割の悪い仕事ならさっさと切上げるのが当世だよ」

23

「三十や五十の端金《はしたがね》で、女の生身を自由にしようと言うなあ虫がよすぎらあ」

「葉山さんは、そんな方じゃありません」

「何と言ったって世間が承知しないやね、どうせそんな商売をしたからにゃ、無垢の娘じゃ通れませんよ。おや、お前さんは、お泣きだね。何だって泣くんだよ、葉山さんに逢いたいとでも言うのかい」

とおみきは、袂で顔を押えたまま、頭を振った。

「そうじゃないんだね、じゃ、あたしの言うことを聞いておくれかい」

おみきは、黙ってうなずいた。

「そう聞きわけてくれりゃあたしも張合《はりあい》があるというもんだ。実はね、お前を娘分にほしいという人があるのでね。今朝その人が、見にくることになってるんだよ」

「姉さん、そりゃ明日じゃいけないんでしょうか？」

「何故さ」

「葉山さんにお別れをして来なくちゃ、わるいんですもの」

「またそれだ。だがまあ好いやね、今日話がすんでから行っておいで、それで義理はたつじゃないか。さ、髪でもあげてさっぱりしておくれ」

おみきは、小さい鏡を窓の下へ立てかけて、髪をあげにかかったが、何故とも知れぬ熱い涙が、あとからあとからと出てくるのであった。

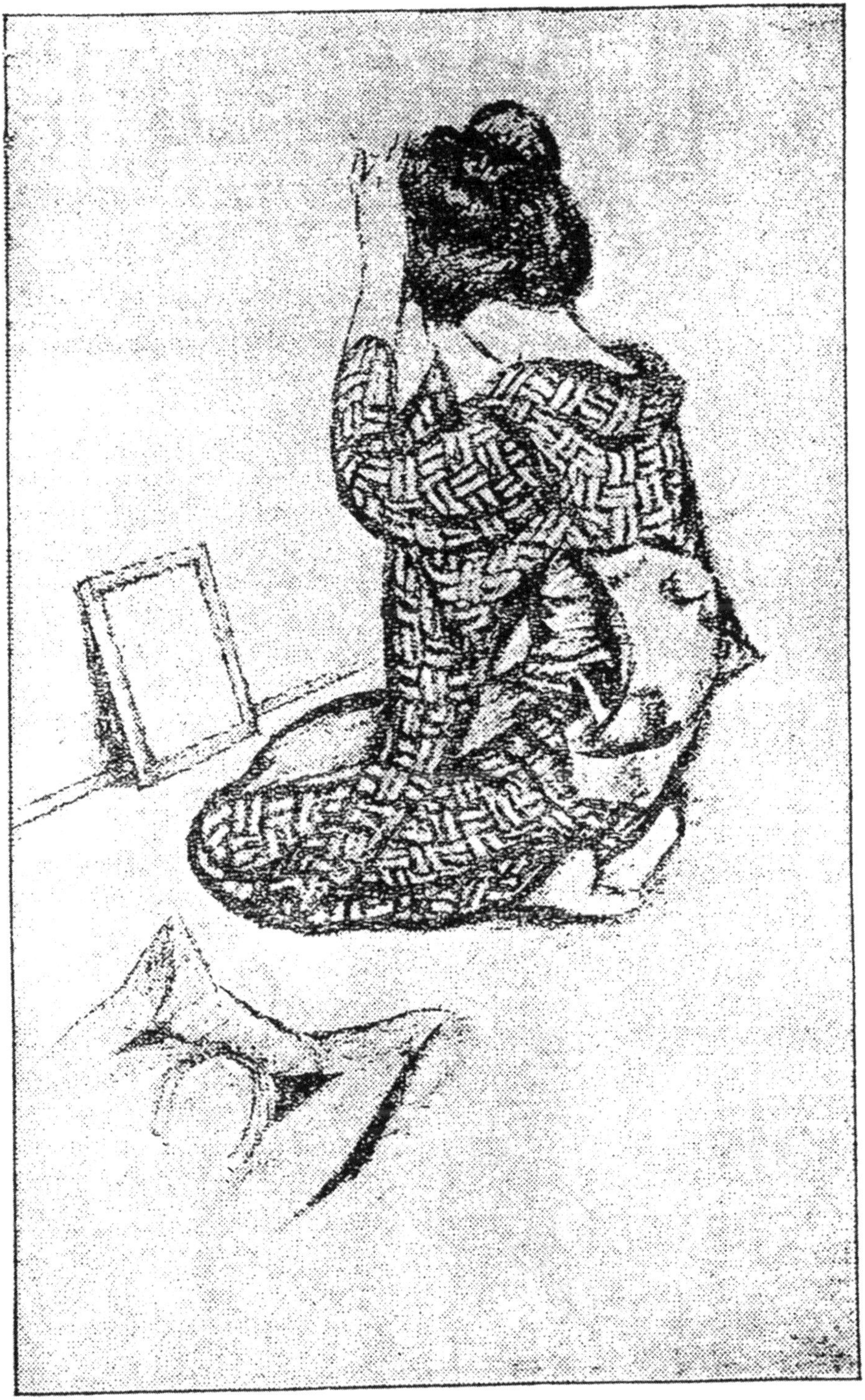

24

おみきは姉の言うままに、風呂に入って帰って見ると、見知越《みしりこ》しの口入屋と、ずんぐり肥った五十ばかりの男とが坐っていた。

口入屋は、お茶を出すおみきを眼で捕えて
「旦那どうです、これじゃ一箱は二箱でも全く安うござんすぜ」

「ははは」旦那は、伊勢神楽の獅子のような金歯を見せて笑いながら「これまで何処《どこ》かへ勤めでもしていたのかね」

「いいえあなた」姉がすぐに引取って「まだつい先月田舎から来たばかりでござんしてね、御覧の通り柄《がら》ばかり大きくても、ほんのねんねえでございますよ」

「ふんふん、その、何は年はいくつだと言ったね」

「十五でござんすよ、旦那」

そんなことで二人は帰っていった。帰り際に口入屋はあらたまった調子で
「これは旦那から、ほんのかため印ですが」と言って紙包《かみづつみ》を一封差出した。

「まあ、何ですか知りませんが、とにかくお預りしときます」と姉は言って、急いでそれを懐《ふところ》へしまった。

おみきは、走るように家を出て、まっすぐに葉山の画室へいった。

25

おみきは、谷中の姉の家を出て鶯谷の方へ墓地の中を急いでいた。と向うから姉の男である鈴木が来るのにばったり出逢った。

「おみきちゃん、今日はばかに綺麗だね」

と言って鈴木は立止まった。おみきは、道をよけて通りぬけようとすると
「ちっと待ってくれ。今朝姉さんから何か聞いたろう。あの事について僕も少し話があるんだ」

今朝の事と言われると、思いあまっている折ではあり、ついおみきも気になった。

「ここでも話せない、どこかその辺で茶でものみながら話そう」鈴木はそう言いながら先に立って歩き出した。

鈴木の後について、上野の東照宮の前を曲る時、葉山さんの画室で逢ったことのある湯川が、おみきの方を見て立っていた。おみきは何かしら恥しいような気がして、鈴木の蔭へかくれるようにして歩いた。

鈴木は、池の端までくると、丸い軒灯《けんとう》のある小綺麗な家へずんずん入った。鈴木の知合《しりあい》の家かも知れないと、おみきは思いながら、鈴木の後から、愛想の好い女に案内されて階段を上って、小ぢんまりした座敷へ通った。

女は、茶など運んで来て
「こちらは随分お見限りね」などと、鈴木に馴々《なれなれ》しく言いながら、じろじろとおみきの方を盗み見るのだった。鈴木は鈴木で、床の前へ腰を据えて、にたにた笑いながら
「一本つけて貰おう」などと言うのだった。

26

おみきは、この場の様子がどうやら変なのに気がついた。これまでも鈴木は、指環《ゆびわ》を買ってやると言って連出した時にも、浅草の活動へいった帰りにも、嫌な事を言いかけたのは、一度や二度ではなかった。

おみきは、怖《こ》わごわ遠くの窓際に坐って、話というのを早くするように鈴木を促した。

「ああその話か、何しろ金持の旦那が出来たんだから芽出《めで》たいわけさ、一つ祝盃を挙げようじゃないか、さ、もっとこっちへお寄り」そう言って盃をさした。

「わたし、そんな事いやなんです」

「いやだ！　いやだというほど子供でもあるまいよ。さ、好い子だ、一杯うけるものだ」

「話して下さらないならわたしは帰ります」

「帰しちゃやるがね、もうおみきちゃんともお別れだね、僕の心持を少しでもおみきちゃんが知ってくれたらねえ」

まるで新派の役者の白《せりふ》のような鈴木の言葉をきくと、おみきの眼には、見るみる憎悪の色があらわれた。大方姉さんをもこんな風に言って手に入れたのだろう。その男が現在妹の私に言い寄るとは、何という獣《けだもの》のような男だろう。そして何という恥かしい事だろう。

おみきは、くやしさに、思わず涙をこぼすのだった。

その時、先刻《さつき》の女が入ってきて

「お寒いでしょう。あちらへお炬燵《こた》を入れてありますからいらっしゃいましな。御用がありましたらお呼び下さい」と言って出ていった。

27

鈴木は、おみきの頬を流れる涙を見ると、森の奥へ追《お》いつめて今にも小羊の腹に牙を突刺そうとする惨忍な猛獣の心になっていた。

鈴木は女が去って間の襖《ふすま》をしめると
「酒がいやなら、すこし暖まって行こう。すぐ帰すから……」

「いけないんです、葉山さんに約束してあるんですから」おみきがそう言うのを聞くと、鈴木の顔は、痙攣《ひきつ》ったようになって
「葉山が何と言ったって、もうお前は……」

後は何と言ったのか鈴木の舌は硬《こわば》って、ただふうふうと聞えるばかりだった。眼は熱病やみのように不気味に光り、卑しい口のあたりはびくびく痙攣ってきた。

弾かれたようにおみきも立上ると、鈴木の熱い掌《て》がむずとおみきの腕を捕えた。

「いけない、いけない！」呼吸がつまって声がたたない。身体をねじって腕を振解《ふりほど》こうとするはずみに襖に突当って、おみきは襖と一所に別室に布《し》いてあった、布団の上へ、ばったり倒れた。その拍子に鈴木は抱えていたおみきを放した、先刻《さつき》女が知らしてきた炬燵はこれだなという意識が、ちらとおみきの頭を掠《かす》めた。鈴木が襖を乗越えて、再び帯のところまで手を伸ばした時には、おみきは、素走《すばしっ》こく廊下へ出て、どんどん階段を駈降《かけお》りた。何か鈴木が言ったようだったが、おみきには聞えなかった。物音をきいて女が慌《あわ》てて出てきたが、あきれたように見ていた。おみきは履物《はきもの》もはかないで外へ飛びだした。

28

葉山の画室では、葉山と佐保子が話の接穂《つぎほ》を失って黙って坐っていた。

この時、忙《せわ》しい息遣《いきづかい》をしながら、おみきが転込《ころげこ》むように入ってきた。おみきは、今朝の出来事を残らず打明けて、葉山の力にすがろうと思ってきたが、そこには見知らぬ女性が葉山と親しそうに坐っているので、おみきは涙を押秘《おしかく》して、やっとつつしみを取返した。

「遅くなってすみません、すこし取込んだことがあったものですから」

「そうか」葉山はおみきのただならぬ興奮を見てとったが、佐保子の方へ「これがぼくのお手本です、おみきちゃん」と紹介した。

「あら、そうですか、あたし佐保子」

佐保子はそう言って、椅子の上に小さく腰かけているこの田舎娘を、ちらちらと見た。

葉山の力作「永遠の女性」のモデルになる娘はどんな娘だろうと、逢わない前には、淡い嫉妬さえ感じていたが、逢って見れば、可憐な人好きのする娘であった。

おみきは画室へ入るなり、この方が葉山さんの奥様になる人だなと、女の直感ですぐにそう感じたのであった。

今のおみきの身にとって、天にも地にも、心頼みになる人は葉山さんの外になかった。けれど、この人にそんな恥しい事を打明けて好いだろうか。考えて見れば、葉山さんにとって私風情が何であろう。はしたない事を言って卑しめられるよりは、いっそ黙って、姉の言う様になろう。其外《そのほか》に私の道はないもの。

29

葉山は、佐保子を送り出して画室へ帰って見ると、おみきは、長椅子に倒れて、背中を波打たせながら泣き入っていた。

「どうしたんだ」

おみきの肩へ手をかけて、葉山は訊ねた。

「ええおみきちゃん。どうしたんだ」

やさしく労《いた》わられれば労わられるほど、悲みと涙とが腹の底から込《こみ》あげてきて、どうしても口が利けなかった。

「言ってよかったら言っておくれ、ね」

「あたし、あたし、もう、あなたのとこへ、来られなくなったんです」咽《むせ》び咽びこれだけ言って、泣くのだった。

「どうして、誰かいけないって言ったのか、それとも家で仕事をやめろというのか」

「姉さんが、そう言うんです」

「家の都合なら仕方がないじゃないか、それ位のことで泣かなくても好いよ。じゃ姉さん何か言ったんだね、え、そうだろう？」

「いいえ」おみきは涙に濡れた眼をあげて、葉山の顔を見上げながら言った。「ただそれが悲かったんです、それだけです」

「そりゃ仕方がないさ、だけど、おみきちゃんに止められるとぼくの方がよっぽど困るよ」

「ええ、それを思うと、お気の毒です、折角気乗りしていらっしゃるんだから、仕上るまでお手伝いしようと思っていたのに……」

「じゃ、もっとお金のとれる事でもしろって姉さんが勧めるんじゃないの？」

「聞かないで下さい、それだけは言えないんです」

30

葉山が何と訊いても「どうぞそればかりは訊かないで、恥しくて言えません」とばかりで、おみきは泣き入るのであった。

「恥しいこと」がどんな事か、世間知らずの葉山にも、おぼろげには解ったが、おみきの生活も家の事情も、深く知らない葉山にはどうしてやることも出来なかった。

その上、「恥しいこと」を敢《あえ》て為《し》ようと決心しているおみきの健気《けなげ》な心を翻《ひるがえ》すことが、よし葉山に出来るにしてからが、結局、おみきを幸福にすることかどうか分らない。他人の運命に手をおくことは、神の心を犯《けが》すことだと葉山には思われた。

葉山は、はじめて人間の意思や感情を越えて、美しいものも醜《みにく》いものも、善も悪も、おし流してゆく素晴らしい生活の潮流を、はっきり見せられたような気がした。この大きな人間生活の潮流の前に、葉山は自分の無力をつくづく感じるのであった。

おみきは、やっと涙をおさめて長椅子《ソファ》から起上《おきあが》った。

「どうぞ心配しないで下さい、私はもう心をきめましたから、それでは参ります」

「そうか、それじゃ丈夫でおいで」

「え、あなたもどうぞ……」

葉山はポケットから紙入を出して、給金の外に若干を添えて、おみきに渡しながら

「ぼくにでも用があったら何日《いつ》きても好いよ」

おみきは、危く倒れそうな身体を袖で抱えて、悄然《しょうぜん》と出ていった。

31

葉山はお幹を帰してから、長椅子に腰かけ一つ所を見詰《みつめ》ながら、坐っていた。葉山は若い娘の泣くのをはじめて見た。洪水のような彼女の涙に誘われて一所に押流されそうだった自分を、危く踏止《ふみとど》まった、生れて始めての経験について自分を省みた。

葉山のお幹への同情は、彼の製作がもう出来なくなる仕事の上の損失と、彼の日常生活にとって、なくてはならぬ小間使のような役目をしていたお幹を、明日から画室に見なくなる寂しさを意識に入れた、彼の自己主義《エゴイズム》ではなかったろうか。また彼女の事情を深く立入って聞かなかったのも、彼女をその事情から救ってやろうともしなかったのも、彼が負わねばならぬ責任から逃れる為ではなかったか。

葉山は、自分の無力を自ら責《せめ》はしたが、実はこの上彼女の運命にたずさわる事を、ただ彼の弱い心が恐れたのだ。その上、相手が若い娘である事が、葉山の心をぎこちないものにしたのでもあった。

それにしても、彼女が画室を出る時「私もう決心しています」と言った言葉を、葉山はふと思い出した。

「お幹は死ぬかも知れない、それはもう理窟ではない、これは放ってはおけない」そう思いつくと、葉山は弾かれたように椅子から飛上って、そそこに着物を着換て外へ飛出した。お幹が、彼から遠く遠く去って行ったであろう路を歩きながら、彼は非常に感傷的《センチメンタル》になって路を急いだ。

32

葉山は、お幹の姉のいる谷中の煙草屋の二階をやっと探しあてた。姉はいたが、お幹はまだ帰っていなかった。姉は、葉山を迎えながら言うのだった。

「まああの子はどうしたんでしょうね、貴方のお宅からは、二時間も前に出たんですって」

「そうです」葉山は更《あらた》めて口を切った。「立入った事をお訊ねして失礼ですが、お幹さんが急に仕事を廃《や》めるようになった事情というはどんな事なんでしょうか」

「そりゃねえ、いろんな事情もありますが、まあ御覧の通り私共はこんな暮しをしているんですから、生活《くらし》の都合では何時《いつ》どんなにならないとも限りませんよ。あなたはお仕事がお支障《さしつかえ》でお困りでしょうねえ」

「いやそれは、僕の仕事の事なんかどうでも好いんです。僕が言うのは、お幹さんの身の上にもしもの事でもあったらと、それを気遣っているんです」

「何かそんな事でも申したんですか」

「事情は訊いて呉《く》れるなって言いませんでした、ただあとで私の事をお聞きになったら、可哀そうな娘だと気が向いたら思出して下さい。しっかり決心しているから、後であなたに叱られるような事はしないからって、画室を出ていったんです」

「そんな事を言いましてすか」

「だからもしや、お幹さんの気の進まないような事情にでもなったのじゃないかと、それが気掛りで、つい立入ったお訊ねをしたわけです」

33

「気が進むも進まないも貴方、私はあれの姉ですから、あれの不為な事をさせる訳はないじゃありませんか」

「そりゃ無論そうでしょうが、こうして帰りの晩《おそ》い所を見ると、もしやお幹さんがその事を快く思っていないのじゃないかと思うのです」

「そうですか、そりゃ御親切様ですが、あの子の事はまあ打遣《うちゃ》っておいて下さい」

「そう仰言りゃ私が申上《もうしあ》げる事になりません。では失敬します」葉山は、さっさと煙草屋の二階を出た。

戸外《そと》は灯ともし頃で、夕霧をこめた中に、立ちつくした物の隈《くま》が、何かなぼろで、謎めいて、あの昼と夜との境目の、寂《せき》とした虫の音一ったてない、それは大きな都会が息を殺したような一時《ひととき》であった。

「葉山さん」と呼んで、お幹が夕霧の中からしょんぼり立って来そうにも思えるし、何か人の知らない遠い遠い世の涯《はて》の、ほのかなものの中に、小さく立って泣いているようにも思えるのだった。

葉山は、明《あ》かるい少年時代を故郷の街で過し東京へ来てからは、一途に芸術のために青春の力も若さも捧げつくして、地上のものには何一つ眼をくれなかった。今歩いている谷中の大通りも、学校の往復に光明に充ちた瞳をあげて活歩したものであったが、今は小汚い裏街を歩くように、何かしらうら寂しかった。

葉山の心に何の係《かかわり》もなかったと思われるお幹が、こんなに深く根をおろしていたことを彼は始めて知った。彼の心のそばに、重く優しく涙ぐましいものが寄添うているのを、彼は不思議に感じるのであった。

34

何処《どこ》を探す宛《あて》もない葉山は、ぼんやり藍染町の泥溝端《どぶばた》を歩いていた。ふと彼は松浦がこの近所に住んでいることを思いついて訪ねた。

「よく出てきたね」松浦は、出不精なこの珍客を驚きながら言った。

「実はモデルの事で近所まで来たんだ」

葉山は、今朝の出来事から、先刻《さつき》お幹の姉に逢った一条を松浦に話した。

「ふん、そりゃ困ったね。まさか自殺するような事はあるまいね」

「それが、あの娘の気性では何とも言えないんだ」

「女のする事はなかなか複雑だが、考え方はまた馬鹿に単純だからね。まあ兎《と》に角《かく》、もう一度姉の許《もと》へいって様子を見ようじゃないか、夜になっても帰らないとすると、何とかしなきゃならないからね」

二人は、谷中の煙草屋へいってそれとなく内儀《おかみ》さんに訊くと、

「何ですかお幹さんはまだお帰りにならないようですよ」と言うのだった。

ひとまず葉山の画室へ引上げて、善後策を講ずることにして、二人は、日暮里から電車に乗った。

葉山は、窓から真暗な外を見ていた。電車の前《トップ》に乗っていたので、車体がひどく揺れる度に、葉山はいつか彼の乗った電車が鶯谷で若い女を轢《ひ》いた時の不気味な動揺《ゆれかた》を思い出して、その度に、窓から顔を出して、暗《やみ》の中に光るレールの上を見廻した。

35

お幹が葉山の画室へ「さよなら」を言いに行く時には、姉に強《しい》られて承知はしたもののまだ本当に決心したのではなかった。葉山に何もかも打明けて力を得ようと思っていたのであったから、何も言わずに再び画室を出た時には、もう天にも地にも寄辺《よるべ》のない身の上であった。綺麗な着物を着る事や栄耀栄華を望む事よりも、ただ姉の言葉に反《そむ》くのが辛さに身を捨てて姉の言うままになる気になったのだった。しかし、姉のいう養女というのは、あの場の様子で考えると、若い肉体をあの男に売る事であった。それは鈴木の言った事でも解っている。鈴木にしても女の弱味に附込《つけこ》んで、一時の卑しい好奇心で、私を手込にしようとしたのだった。お幹はそう考えると、世の中の人は寄ってたかって、娘一人の肉体を責め弄《さい》なんでいるように思えて、とても悲かった。葉山さん一人は、さっぱりしてはいなさるが、どこか頼母《たのも》しい人に思っていたが、今ははや自分が辱《はずかしめ》られ虐《しいた》げられた卑しい女のように思われて、取《とり》つくすべもなく気がひけて、世界にたった一人の人にも見捨てられたように心細かった。

とぼとぼとお幹は、いつか鶯谷で電車を降りて谷中の姉の家の方へ墓地の中を歩いていた。何故私はここまで帰ってきたのであろう。なんぼ姉の為とは言え、気も知れぬ男に身を任せて、それで好いのであろうか、姉さんにしてからが、私をそうさせたからとて、どれだけ好い事があるのだろう。お金がとれるという事だけで、人間が急に幸福《しあわせ》になれるものだろうか。

お幹は墓地の捨石に腰をかけた。

36

先刻《さつき》までしきりに鳴いていた日ぐらしも、いつか鳴きやんで、墓地の中はひっそりとしてきた。墓石だけを白々《しらじら》と残して、何時《いつ》かもう夕暗《ゆうやみ》が木立や生垣の裾に匍寄《はいよ》っていた。

「私は死にましょう」、お幹は考えるのだった。

「だけど私が死んだら母様はどんなにか泣くだろう、あんなに私が東京へ出るのを止めた母様だもの、でも可哀そうな母様を少しでも楽にしてあげたいと思って、東京へ出ては来たのだった。亡くなった父様が、この子だけは恥かしくないように育ててくれと死際に母様に頼んだと聞いている。もしも私が身売でもするような事があったら、父様は墓の下でどんなに嘆く事だろう。でも姉さんの言うようにして、お金をたんと国へ送ったら母様は喜んで呉れるだろうか。みんなが喜んでくれる事なら、私はどうなろうと構わないけれど――いやいやそれでは私を案じて死んだ父様に済まない。父様は私がこうなる事をちゃんと知っていたのだろうか。昔から親の為に身売をした女の話は聞いている、そうなってしまえば母様だって何も言うまい。それが孝行というものだろうか。いやいやいや、孝行というものは、もっと美しい事に違いない。そんならどうすれば好いのだろう。ああ、父様、私はどうすれば好いの？　ね、父様。あたしはやっぱり生きていて、孝行をしなきゃいけないの？　え、父様。あたしも父様の許へゆきたいわ。ね、好いでしょう、父様。どのお墓もどのお墓もみんな黙っているわ。みんな父様のお墓じゃないんだもの！」

お幹は、ふらふら墓地を歩き出した。

37

お幹は省線電車の警笛に驚いて、我に帰った。あれからどの位時間が経ったのか、今何時頃なのか、何もかも解らなかった。考えて考えてやっと考えついたのは、姉さんの言うようにすることは、つまりお金をもっと沢山儲けるためなので、お金さえ出来れば好いという事だった。〈美しく生れついた肉体を遊ばせておくのは勿体ない〉という姉さんの考え方も、姉さんの性分としては本当かも知れないが私には向かないもの。身に染《しみ》ない事を無理に勧める姉さんでもあるまい。なにしろそのお金さえ出来れば姉さんの申訳はたつだろう。お幹はそこまで考えるともう身が軽くなったように思った。私は死なないでも好かった。今一度葉山さんをお訪ねしてその事を話して見よう。お幹は、いそいそと鶯谷の停車場へ急いだ。恰度、品川行の赤電車がプラットフォームへ入った所だった。

お幹は電車へ乗っても乗客の顔が一つも眼に入らぬほど、自分の事に夢中だった。

「お幹ちゃん」不意に耳許で呼んだ者があった。それは見知越しの葉山の友人玉井だった。

「こんな晩《おそ》くに何処《どこ》へゆくんだい」

「え、ちょっと目白まで」

「葉山の許《とこ》か、大変だね、あの田圃の中を一人で歩けるかい」

「ええ、好いんですの、怖くはありませんわ」

「いや、女一人じゃ物騒だよ、どうせ道序《みちついで》だから送ってあげるよ」

お幹も、強ては断らずに、送って貰う事にした。

38

「おい葉山、お客様だよ」画室の外から、玉井が呼んだ。葉山と松浦は飛上るように戸口へ出ると、玉井の後にお幹が立っていた。

「お幹ちゃん」葉山はそう言っていきなりお幹の手をとって室《へや》へ入れた。

三人は、智慧を絞って、お幹を今の境遇から救い出す方法に就《つい》て考えた。お幹は、ほっと助かったような気になって、三人の為に熱い茶の用意をしウイスキーの栓を抜いた。そして朝からの出来事と、自分が墓場で考えた事も付加《つけくわ》えて話した。

「そりゃそうだとも、さすがに葉山のお仕込だ、お幹ちゃんの考えは正しいよ。俺がいって一つ姉の奴をとっちめてやるよ」と玉井は息巻くのだった。松浦はそれを制して
「姉さんばかりを悪く言えないよ、黒幕に鈴木とか言う男が糸を引いているんだから」

「じゃあ、奴に鼻薬を匂わせてお幹ちゃんを引取ろうじゃないか」

「そう玉井の考える様に単純に行かないよ」

「しかし松浦、人間が人間を売買する権利はない筈《はず》だよ」

「おいおい俺をそう仇《かたき》にするなよ。そりゃ理窟で、世間には人身売買が、義理とか恩とかいう名で盛んに行われているんだからね」

「だから猶《なお》の事、お幹ちゃんは帰せないよ」

「そりゃそうだ。ね、葉山君、今夜はみんなここで寝る事にして、明日の朝、僕と玉井と姉さんの許へ行ってくるよ。僕達にだって、善い事をする自信はあるよ」

そんな事で、若い空想家達は、てんで寝椅子《ソファ》や椅子の上で夜を明かした。

39

　まだ夜の明きらないうちに、画室の戸をどんどんと叩く者があった。葉山が眼をさますと、松浦もすぐ起きてきて、

「きっとお幹ちゃんの一件だよ。玉井おい起きろ、お前は何も言うな、いいか。お幹ちゃんは、葉山の寝室の中へ入っていておくれ。好いって云うまで出ちゃいけないよ」と注意した。葉山がいって戸を明けた。

「僕は中川幹の親族の者です。葉山さんにお目にかかりたいのです」

「僕が葉山です」葉山はその男を椅子へ招じた。

「突然ですが、中川幹がこちらへお世話になって居ないでしょうか」

「と仰言ると」

「こちらへ来ては居ないかとお聞きするんです」

「貴方はお幹さんのどんな関係の方か知りませんが、昨日僕の所から暇を取っていったばかりです」

「しかし此方《こちら》へお暇に上ると言って出たきり帰って来ないので、お訊ねに上ったんです」

「なるほど、僕もあの人が帰ってから後が心配になって姉さんのお宅へ伺ったのですが、その心配はしてくれるなと言う事で、それなり帰って来たような訳ですから」

「それでは、お幹の事に就いちゃ御知《おしり》でないと仰言るんですね」

「知り様がありませんから」

「そう言われちゃ致方《いたしかた》はありませんが、もし知っていながら知らないと仰言るような事が万々一あった時には、事が表沙汰になって少々面倒になりますよ。そりゃ覚悟の上でしょうな」

40

三百代言のようなその男は、犬のような髭《ひげ》を引張りながら言い続けた。

「それに少し金銭の出入も加わっている事ですし、お幹がたとえ一日でも二日でも失踪して契約を履行しないとなると、事態が頗《すこぶ》る面倒になるんです。貴方のような方がそんな事件に関係なさるのは名誉にも関る事です。更めて申しますが、お幹を隠匿——つまりかくまってお置きになるような事はないでしょうな」

「私もそういう事件に関ろうとは思いません」

「そうきっぱり承れば、貴方も一個の男子でしょうから信用して、外の方法で手続きをしますから、いやどうも失敬しました」その男は出ていった。

「うまくやったよ」松浦が言った。

「一個の男子は振《ふる》ってたね」

そこへお幹が、カーテンの奥から走り出て葉山の手にすがりついて、

「葉山さん、済みません。でも、あたしのために、この上あなたに御迷惑をかけるような事はないでしょうか。あんな人、あたしの親族でも何でもないんですのよ」

「なあに大丈夫だよ。そりゃあそうとあの男、戸口のところで切《しき》りにお幹ちゃんの下駄を探してたよ」

「まあ、あたし、昨日の朝から裸足《はだし》で歩いていたのよ」

「あ、そうかそれじゃ見つからないや」

「待合から、逃出《にげだ》したきりだね、あはは、何が僥倖《しあわせ》になるか解らないものだね」

41

「世間には少女誘拐なんて法律上の罪があるんだね。あの男がそう言ったよ」

「そう言う風に持って来られると、このままにしても置けないようだね」

「馬鹿にしてら。俺が談判にいってやる。俺達は永遠の処女を保護しているんじゃないか」

「これは一つ学校の南風《なんふう》先生に相談しようじゃないか、先生なら聞いてくれるよ、僕自身の事にして話しても好い。葉山の名を辱めるような事はないから、ね葉山君」

「そうだね。じゃ君に任せよう」

「あたしも南風先生の許《とこ》へゆくの？　あたしいやだわ」

「まあ幹ちゃんはここに居たまえ、僕と玉井と二人で行ってくるから」

松浦と玉井は出かけた。南風先生は美術学校の彫刻科の教授で、松浦の同郷の先輩で、自由主義の教育家だった。お幹が学校のモデルに出るに就いても多少の責任があった。というのは、お幹のいる煙草屋のお内儀《かみ》さんが南風先生の出入先で「一人好い娘があるんですがね」と、ある時お内儀さんが先生に話した。「そりゃ一つ見せて貰おう」というので「ただ絵のお手本になって坐ってさえいりゃお金になるんですからね」と、お内儀さんがお幹の姉を説きつけて、先生の口入でモデルに出る事になったのだった。だからお幹は、此度《こんど》の事は順序としても葉山よりも南風先生にまず相談すべきであったが、お幹は何故か南風先生に相談する事を好まなかった。それはお幹一人の胸にある事で、葉山はもとより、松浦さえ気がつかなかった。

42

松浦達が画室を出ていって終《しま》うと、二人は窓際のソファへ黙って腰かけたが、何かしら親しい気詰りを感じはじめた。葉山はお幹を今迄《いままで》とは全く違った心持で見ているのに気づくのだった。

「何だって死ぬ気になぞなったんだろう」葉山は誰に言うともなくそう言った。

「だけどもう死にませんわ、死んでは父様にも母様にも、自分にも済まないと思いましたもの。どんなにしても生きますわ。あなたはいつまでも使って下さいますわね。そしたらあたし画室の近い所へ部屋を借て一人で暮しますわ、そしたらどんなに楽いだろう」お幹は夢見るように眸《ひとみ》をあげたが「だけど姉さんはどうするだろう？」

「幹ちゃんは兄弟思いだね」葉山は笑いながら言った「姉さんの方は心配ないが、心配なのは幹ちゃんだよ」

「あら、どうしてでしょう。あたしなんか心配ないわ。近所に部屋を借りたら、あなたのお洗濯もお掃除も、御飯拵《こしら》えだってあたしそりゃ上手に出来ましてよ」

「そりゃまあ好いが、幹ちゃんが姉さんの手を放れて暮すとすれば、国の方の母様なり伯父様《おじさま》に一度話しとかなくちゃあね」

「そうでしょうか。それじゃあたし一度田舎へ帰って来ようかしら、でも帰ったら、母様が心配してもう東京へ出さないって言うに決っているわ」葉山は半ば戯談《じょうだん》に
「恰度好いじゃないか」というと
「いや、あたしいつまでも何時《いつ》までも東京で暮したいわ」

そこへ郵便が一通の書留を配達した。

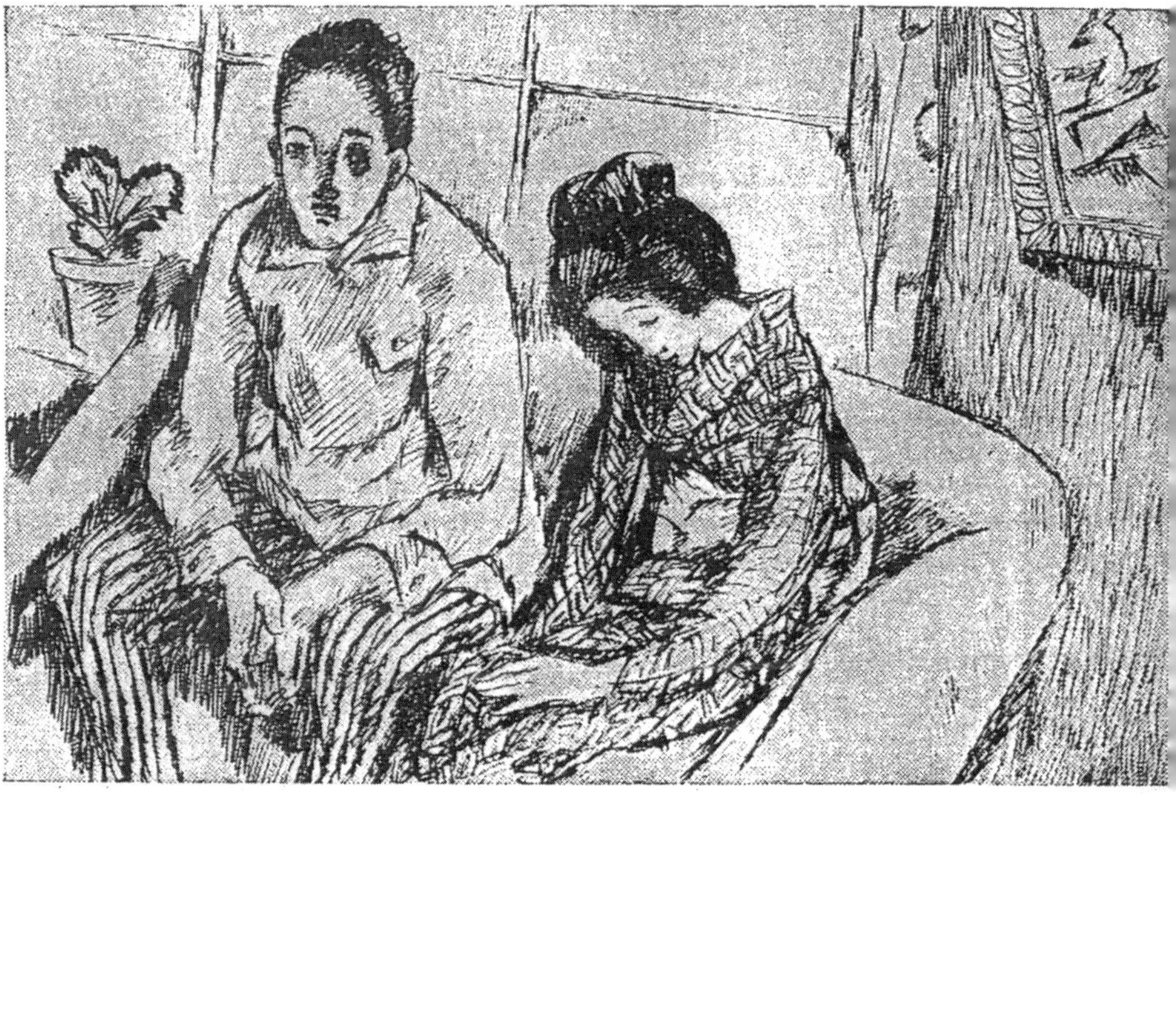

43

それは葉山の母親からの手紙であった。

　今年もはや押つまり心急《せわ》しく候《そうろう》お前様も丈夫にて御勉強の事と嬉しく存じ上候母こと今年は寒さに入りてもめっきり元気にて働き居《おり》候冬の休暇には佐保子様と同道御帰省の事かとそればかり楽み心待ちに暮し居候所先頃佐保子様のお便りにお前様は卒業製作の都合とかにてお帰りなさらぬ由《よし》せいぜい御勉強の程祈り上候京へ注文の婚礼の祝着此程染上り候浜の離《はなれ》室も夏から手を入れ御前様の気に入る様にし繕《つくろ》え置候お前様事にも何かの仕度《したく》いると存じ金千円為替にて送り候今年は田舎も豊年にて小作も上々吉来年の事を言えば鬼が笑うと申候え共来春を楽みに母は初孫の顔を早く見度《みたく》候佐保子様へもよしなに御伝え下さるべくかしこ

　草太郎どの　　　母より

葉山は母親の手紙を読み終ると、もとの封筒に巻き納めて卓の上へ投げだした。そして暗い表情をしたのを、お幹は見た。

母親の手紙にいつも書いてある「親一人子一人」という母親への葉山の愛情に異《ことな》りはないのだが、今日は母親の手紙が、何か重荷のように感じられるのだった。

お幹は、心配そうに葉山の暗い顔を見まもっていた。

「葉山帰ったよ」松浦と玉井が外から声をかけて入って来た。松浦は外套を脱ぎながら

「案じるほどの事はなかった、先生がすっかり引受けてくれたよ」

「そうか」葉山もソファを立上って「で先生はどう言ってた」

44

松浦はマドロスパイプに火をつけながら
「先生は、お幹ちゃんの事をちゃんと知ってたよ。早速煙草屋へお幹ちゃんが無事だった事を知らせて、姉さんを呼んで先生から話して呉れるってさ。第一養女にするったって、表向の手続は国の方でなきゃ出来ないんだからね。ただ問題は、姉さんがどの程度まで慾張っているか、先方から金でも貰っていると面倒だと言うんだ。葉山が幹ちゃんの田舎へいって話をしてくると好いって言ってたよ」

「それは僕も考えていたんだが」

「それじゃお幹ちゃんも一緒にゆくと好いや。新婚旅行という格でね」玉井が真面目そうな顔をしてまぜっかえした。

「いやあ玉井さん！」お幹は睨《にら》むように玉井を見て言ったが、思わず顔を赤らめた。

「先生はね、話がきまるまで幹ちゃんを預ってやるからって」松浦がいうと葉山も
「そうだ、そうしないと話が面倒だ」

「じゃ君早速、幹ちゃんの田舎へ行って来たまえ」

「今晩発つよ」葉山はそう言いながら旅行案内を調べた。午後八時上野発奥羽線廻り急行というのに決めた。松浦達は今夜上野で落合う事にして、一先ず帰っていった。画室はまたひっそりとした。

「では帰って入《いら》っしゃるまで、あたし南風先生の許にいるんですか」

「そうさ、すぐ帰って来るよ」

「そうお……」お幹はじっと床を見つめて動かなかった。

45

「五時半だ」葉山は時計をポケットへ入れながら「あの黒い方のトランクへ、丹禅と浴衣《ゆかた》と、それからブラシだの手拭《てぬぐい》だの、何しろそんな物つめておくれ」

「はい」お幹は、立って寝室のある別室へいって仕度を調べにかかった。葉山は母へ宛て手紙の簡単な返事を書いて、別室へいって見ると、お幹はトランクを開けたままその前にしょんぼり坐っていた。

「どうした、もう出来たか」後から葉山が声をかけると、びっくりして、そっと袖で涙を拭いた。

「これで好いでしょうか」

「そんなラクダのスエタなんか要るかしら」

「いいえ北の方は、雪がもう二尺も積っていますのよ」

「そうかねえ、なにしろ北の方は初旅なんだからね。そりゃそうとお母様に何をお土産《みやげ》に持って行こうね」

「何にも要りませんわ。それよりかあなたが逢って下すったらどんなにか喜ぶでしょう」お幹の眼から涙が溢れた。「もしよかったら東京の名所の絵葉書を弟にやって下さいな。田舎にいた頃にあたし浅草の観音様や花電車の絵葉書が、そりゃ嬉しかったんですもの」

「今だって花電車は好きだったね」

「まあ」お幹も久し振りに笑った。

婆やが俥屋《くるまや》の来たことを知らせてきた。俥屋にトランクを持たせてやって、二人は駅まで歩く事にした。田圃路を肩をよせて歩きながら「葉山さんとこんなにして歩くのは今日がはじめだ」とお幹は考えるのだった。

46

お幹は、この日を一生涯忘れないだろう。

葉山はお幹を連れて南風先生を訪ねて、日本橋の伊勢清へ廻った。この店は国の母の母親に頼まれて時々来たことがあった。お幹のために米沢を一疋《いっぴき》とった。暮の売出しで人形町は殊に賑やかだった、お幹には一々珍しかった、欲しいものを葉山が訊いても笑って言わなかった。停車場へ来て見ると、松浦も玉井も湯川も見送りに来て待っていた。

「旅行だってね、うまくやって来たまえ」湯川は悪意のない笑顔で葉山を迎えて言った。

「奥の細道へ初旅さ」

「そうだね、鳥海山の雪景色なんか素敵だよ。僕も国へ帰る時、廻り道したことがあったが」

「そうだろうね」

「幹ちゃん一緒に帰りたくないかい」

「いいえ」お幹は湯川の戯談《じょうだん》を斥《しりぞ》けた。

「嘘言ってらあ、葉山が行っちゃって泣いたって知らないよ」

この時駅夫が自信のある好い声で改札の時間を知らして歩いた。年末のせいか汽車はかなり込合っていた。

やがて発車の時刻になって、葉山は窓から手を差《さし》のべたが、お幹だけは、恥しがって手を出さなかった。湯川がいきなりお幹を窓の方へ押やった。二人は手を握った。汽笛が鳴った。お幹はお友達の手前、やっと涙を怺《こら》えた。だんだん遠く小さくなってゆく汽車を見送る眼は、灯の海のようにぎらぎらして、やがて何も見えなくなって、車輪の音だけ遠く消えて終うまで立っていた。

お幹はこの日を一生涯忘れないだろう。

47

葉山はボーイを呼んで寝台をとらせた。気の散らない上の寝台を選んで、静かにこの二三日来の出来事について考えたかった。

自分は何のためにこうして旅行しているのだろう。自分の為にか、お幹の為にか。かりにお幹のためだとして、それは事の行掛《ゆきがかり》からこんな破目になったのか。それともお幹を愛するためか……葉山はここまで考えてはっとした。お幹を愛しているのだろうか、お幹を愛することが出来るだろうか。

これまでも曾て、友情以上に女を愛したことはなかった。お幹をも愛しているのだと意識したことはなかった。お幹を愛する事が善いか悪いか、そんな事を考えようとも思わない。だのにどこか心の底に、愛してならぬように思わせるものがある。それは義理人情のためか、やさしい弱い心からか葉山自身には解らなかった。

葉山は彼の製作「永遠の処女」を仕上げるために、お幹を今の境遇から救出《すくいだ》して、彼の芸術を完成しようとする最初の考えを、いつの間にか忘れかけていた。十月の始《はじめ》学校の庭でお幹に逢ってから今日まで殆ど毎日、お幹を画室に見ない日はなかった。今お幹をおいて遠ざかってゆく夜汽車の中で、葉山はしみじみお幹の姿を心に描くのであった。

これが那須野が原であろう、見るかぎり真暗な野原の中を汽車は走っている。うとうとと葉山はいつか眠っていた。ごとりと汽車が止った響きに驚いて眼を覚すと、車掌が入ってきて「板谷峠が雪崩《なだれ》で不通になりましたから暫《しば》らく停車します」と伝えた。眠っていた客も皆起きて、ざわざわと騒ぎ出した。

48

汽車は福島駅で停《とま》ったきり、何時《いつ》発車出来るとも見込が立たないと言うのだ。葉山は、その初恋に後髪ひかるる思いで来たが、こうなると、少しも早く目的地へ着きたい焦慮をしきりに感じるのだった。車掌も一々乗客の返答に窮して「この寒い列車にお居《い》でにもなれますまいから、一度宿屋なり何なり随意に引上げて頂きます」と言うのだ。

葉山も服を着換えて外へ出た。夜は白々と明放《あけはな》れて、寒げな街はまだ眠っている。遠い山々は、なるほどお幹にきいた通り真白に雪が降りていた。

葉山は、いつか久米正雄の『不死鳥』という小説でよんだ、やはり雪止めのロマンチックな場面を思い出しながら、とある旅舎《はたご》へ入った。

そこで食慾のない朝飯をすませてから、女中を駅へやって開通の時間を訊かせたが、今米沢の工兵隊が応援して復旧工事を急いでいるが、幾度訊かせても、何時開通するか解らないという返答に異りはなかった。女中の言うにも近年にない大雪だそうだから、青森を廻って行くにしても、いつどこでまた雪崩に出遭うかも知れなかった。東京の方も気になったが、まずここで腰を据えて開通を待つ外に術《すべ》はなかった。

葉山はふとこの街の県立病院に、彼の従兄《いとこ》が九州の医科大学を出てすぐ赴任した事を思い出した。女中に電話をかけさせると、すぐそこへゆくとの返事だった。

葉山は東京の友人達へ宛て絵葉書を書いていると「よう、珍しいね」と言いながら、従兄が入ってきた。

49

「久し振りだ、飯坂の温泉へでも入ってゆっくり話そうじゃないか、自動車でここから三十分もありゃ行けるんだよ」従兄は勧めるのだったが、急ぐ旅だからと言って葉山は断った。「急ぐ旅なんか君らしくないよ。それに汽車が出なけりゃ仕方がないじゃあないか」

従兄はまた女中に駅へ訊かせると、明日になれば多分開通するだろうとの返事だった。

「そりゃ見たまえ、僕はもう出掛けに診察をしまったから明日までの時間は自由なんだ」

葉山は不慮の天災が運命を換るために起ったような気がして、静かに来るものを待《まち》うけていたいのだった。彼は従兄に逢った事を後悔したが、好意を斥ける理由もなかったのでやはり飯坂へ出かける事にした。

雪の忍山《しのぶやま》を車の窓から見ながら、いつか飯坂へ着いていた。稲荷屋という温泉宿の二階から淵の深い川を見下しながら従兄の言うには、この宿は一流ではないが、君のような芸術家には持って来いの眺望で、不折《ふせつ》もよく来るそうだ。あの桜並木が青葉町という所謂《いわゆる》狭斜の巷《ちまた》で、夕方になると女達があの崖の葛《つづ》ら折《おり》を降りて水辺の湯へ入りに来るのだという。白く聳《そび》えているのが吾妻山《あづまやま》だと指されても、今の葉山には何の趣《おもむ》きもなかった。

長い階段を下りて湯に入った時は、さすがに好い気持だった。湯から上って座敷へ帰って見ると酒が出て、白粉《おしろい》を塗った女が三四人並んでいるので葉山は驚いた。

「君は驚いているね、まあ郷に入らば郷に従えだ、これでもこの土地で一流だよ」従兄は笑いながら葉山に盃をさした。

50

「藤井先生はいつもお口が悪いのね。でもあたし嬉しいわ」地味な小紋を着た二十ばかりの妓《おんな》が、葉山に酌をしながら言うのだった。

「金釦《きんぼたん》の方に、何年振りかでお酌をするんですもの。ねえ藤井先生、あたし酔《よっ》ても好いでしょう」

「好いとも。だがその金釦と言うのは何だい」

「こう見えたってあたしだって子供の時から飯坂の芸者じゃあないんですよ。金ちゃんさ、このコップへついどくれ」

「酔ってるね」

「はい一葉は酔ってます。ねえ金釦の方、酔っても好ござんすわね」葉山は黙って笑った。

「あの方もやっぱり柔順《おとな》しい人だった。金釦の花文字もやっぱりこの字、赤ちゃんの名前もやっぱりこの字なんですわ、あたしが池の端で出たばかりの十六、あの方が二十三、ほほほ、あたしまあ、何だってこんな野暮らしい昔話をはじめたんでしょう、さ、先生受けて頂戴《ちょうだい》」

「黙って聞いてりゃ、大分御馳走様だね」

「昔の事ですわ、人間も昔話をするようになっちゃ、もうお仕舞ね。飲みましょう。金釦の方、奥州の雪の中で行悩んでいる女に、一言位言葉をかけて下すっても好いでしょう。だけどお見受した所、あなたも考え事をしていらっしゃるのね、失礼だけれど、袖振合うも何とか言います、せめてあたしの盃を、一つ受けて下さいましな」葉山はおとなしく盃をうけた。「まあ嬉しいわ。あなたのあの方をたんと可愛がってあげて下さいね」一葉はこぼれる涙を拭こうともしなかった。

51

枕の下に川瀬の音を聞きながら、葉山は眼をさました。側には従兄が眠っていた。雪崩に逢って、従兄に逢って、温泉へ入って、酒を飲んで、夢の女に逢って、川瀬の音に眼をさました今が現《うつつ》か、夢か解らなかった。

立って欄干に倚《よ》ると、紅葉《もみじ》を浮べた川が脚下《あしもと》を流れている。灰色の空には紫色の遠山が夢の残りのように、果てしなく続いている。

「汽車は十時に出ます」と女中が知らせた。

葉山は従兄に別れて出発した。野も山も、眼の限り一面に白く、灰色に低く垂れた空の下を、葉山の汽車は北へ北へと一散に馳《は》せた。新庄で乗換え鶴岡で汽車を降りたのは、かなり夜更《よふけ》だった。雪に埋もれて町は眠りの中にあった。そこで橇《そり》を仕立て出発した。鈴を首につけた猛犬が橇を曳《ひ》く景色は、南国生れの葉山には珍しかった。灰色の夜景の中に、墨絵の枯柳《かれやなぎ》があったり、黒い城の堀があったりして街を出はずれると、見渡すかぎりただ一色灰色の野の涯に、赤い灯が見えたり消えたりするのだった。音もなく降る雪は、提灯《ちょうちん》のまわりをちらちらと舞っている。犬のつけた鈴の音がしゃんらん、らんと鳴るのを聞いていると、これが日本の国かと思われる程寂しい。葉山は遠いシベリヤを旅する流人《るにん》のような心持で、しずかに眼をつむった。

降りしきる雪の中に、涙を湛《たた》えたお幹の眼が、ふっと浮んだ。その眼からはらはらと露のような涙がこぼれた。

それは白夜の夢であった。

52

雪に埋れた田川は平和な村であった。

土蔵の前の柊《ひいらぎ》の茂みでは、雀がしきりに囀《さえず》っている。眉を青く剃って御歯黒をつけ、黒い木綿に色糸で刺縫《ぬい》をした頭巾をかぶった女房や、猿袴をはいた男達が、朝の挨拶を交しながら、温泉街を歩いている。雪に映えた紅殻塗りの格子も、藪影に啼《な》く牛の声も、路ゆく人も、さながら太古の村であった。

「お眼ざめでがんすかえ」そう言ってお幹の母親が、漬物に梅干を添えた朝の茶を持って葉山の寝ていた中二階の座敷へ上ってきた。十一になるお幹の弟も、母親の影に坐って土産の礼などをのべた。葉山も、この素朴な人達に囲まれて打寛《うちくつ》ろいで、東京の話などするのだった。村の人達が行合う度に交す挨拶は何と言っているのかと母親にきくと、あれは「まめでえのう」と言うのだそうだ。昨日逢ったばかりの人が健在《まめ》で好いことを祝福する純朴な風俗を、葉山は喜んで聞いた。

葉山はお幹の伯父だという人にも逢った。葉山がお幹を嫁にでも貰いに来たものと、この人達は合点して、一も二もなく葉山は信頼された。

葉山は、せめてもう二三日この平和な村で暮したいとさえ思うのだった。水の美しい温泉の浴槽にひたりながら、雀の囀りをきいていたが、ふと不安なものが、身体のどこにかきざしているのを感じた。それが何であるかは解らなかったが、お幹の方へつながっているように思った。葉山は、昨夜《ゆうべ》橇の中で見た白夜の夢を思出した。

53

葉山が旅へ出た翌日、南風先生は、煙草屋の女房とお幹の姉を呼び寄せた。

お幹が養女になるのを嫌って自殺しかけたがやっと思い止まらせた事、馴れた仕事を続けさせるのがお幹にも姉にも為に好い事、以後はお幹の収入も自分が保管して姉の為を計る事、姉の費込《つかいこ》みの手附金は自分が弁償して先方へ話をつける事、お幹の将来は自分が責任を持ってやる事など話して、兎も角姉を納得させた。お幹は当分落付《おちつ》くまで先生自身が預かっておくのが好いだろうという事になった。

お幹は南風先生に預けられてからは今迄ついぞ知らなかった心使いを覚えた。先生の夫人や子供達にまで人知れぬ気兼《きがね》苦労もせねばならなかった。

ある日、お幹が画室へ茶を持ってゆくと、先生は上機嫌に笑いながら、

「幹ちゃんは此頃すっかり好い女になったねえ、どうだい今日は一つ僕のお手本になって呉れないか」先生はやりかけの泥人形を指《さし》ながら「この脚がどうも思わしくないのだよ。幹ちゃんのそのすんなり伸びた脚をやって見たいものだね」

お幹はそれを断る口実を知らなかった。お手本になるのが彼女の仕事でもあったし、此度《こんど》の事でも何かと世話をかけた先生の事でもあるし。しかしお幹は生れてたった一人の異性にしか曾て見せなかった肌を、今また他の異性の前に露わすことが、辛くもあったしそっとひとり秘めてきた心に、済まなく、はずかしくもあった。

54

何と言っても、それはお幹の悲い職業であった。その上義理にからまれて、お幹はついに南風先生のモデル台に、はずかしい肌を露わして立たねばならなかった、緑色の背景《ばっく》の前に立った白い裸形は、美しい生贄《いけにえ》であった。酒のためにとろんとした先生の眼は、ある時の葉山さんのやさしい眼でも、製作慾に輝く芸術家の眼でもないとお幹は思うのだった。赤い焔《ほのお》のようなその眼の光は、消え入れるように逃げまどう白い肌を、執《と》く追いかけた。お幹は夢の中でもこの眼に追つめられ、はっとして夜中に起きる事さえあった。葉山に別れてから、それは三日目の夜であった。

それは冬だというのに生暖かい風が南から吹いて、雪の下から欺《あざむ》かれた牡丹が赤い芽を出しそうな、悩ましい夜のことであった。

お幹は、客の帰った後の画室を片附けながら、葉山の上を思っていた。今頃はもう田川で母親に私の事を話していて下さるだろう。

お幹は、熱い頬をガラス戸によせながら、窓の外に淡雪のした赤い実を、見るともなしにうっとりと見入っていた。

するとお幹の後から、重い熱いものがのしかかって来るのを感じた瞬間に、太い強い腕が肩を越えてお幹の胸から胴を、一すくみにしっかり抱きしめた。それが誰だかお幹はすぐに直感した。酒をふくんだ熱い呼吸が、お幹の頬を吹きつけて、大きな波のような心臓の鼓動が、着物を徹《とお》して、お幹の肉体にむくむくと感じられるのであった。

55

お幹は、寝椅子《ソファア》から床の上へ転げ落るまでまるで夢中で、ただ黒い直線や白い曲線が入り乱れ飛び去った、音のない戦いの中に自分がいたことだけを覚えている。しかし、お幹はこの悲い受難が何であったかを知った時、はじめて、さめざめと泣いた。拭《ふい》ても拭ても涙が流れた。泣いても泣いても悲みは尽きなかった。

お幹のたった一つの誇は、どんなに貧しく暮しても、身を清く保つ事であった。姉に背いたのも、死ぬ決心をしたのも、みんな其為《そのた》めであったのに。谷中の墓地であの時死んでいたなら、けれど今は晩《おそ》い今は死ねない。死んでは葉山さんに済まぬ。先生の名にもかかろう。でも生きて葉山さんには逢えない。今おもえば、私はやはりあの人に操《みさお》を立てていたのだ。何もかもあの人に捧げていたのだ。今それに気がついたとて、何になろう。私はもう葉山さんにあげる、たった一つの一番最後のものまでなくしてしまったのだ。

クリスマスの買物に街へ出ていた夫人が帰ったのであろう。この時、子供達の騒ぐ声がした。お幹は、乱れた着物掻合《かきあわ》せ髪を撫《な》であげながら、ガラス戸にうつして、袖で涙の顔を拭た。

「お幹ちゃん、早くきてクリスマスツリーを手伝っておくれ」長男の声が母屋《おもや》の方から呼んだ。お幹は、画室を出てゆかねばならなかった。

56

苦しい一夜があけた。お幹は頭が重かったが起きていつものように手伝った。先生はお幹に給仕されながら、いつもに似ずひどく不機嫌な顔をして黙って食事をした。

お幹は葉山の画室へ来て見た。ばあやが出て「何の便りもない」と言うのだった。お幹は珍しくなつかしい心持で、ばあやを手伝って、画室の掃除などをした。

「家の若旦那も呑気なものだ、来年は婚礼するだというに、どこをほつき歩いているだか。昨日もお嬢様がたずねて見えただよ」

「まあそうお」

「お前様も、仕事がなくて困るずら」

「ええ、あたしも困るわ、ばあやさん」

「噂をすれば影だ、お嬢様が来たよ」

佐保子は庭をぬけて窓の下へ近よりながら

「ばあやさん、もうお帰りになって？」

「もう帰って来るずらと思って、こうして掃除をしているだかね」

「まだなの？　あらお幹さんしばらく」

お幹は、姉様冠《かぶ》りの手拭をとって、黙って佐保子に挨拶した。

「好いお天気なのね。お幹さんその辺を散歩なさらない？」佐保子はお幹を誘った。二人は、庭のくぐりを出て大根畑の畦《あぜ》を歩いた。

「葉山さんからお幹さんにお便りがあって？」

「飯坂から一度あったきりですの」

「そう」佐保子はここで急に言葉の調子を更めて「お幹さん、私あなたにお訊ねしたい事があるのよ」と言った。

お幹は、我知らずどきんとした。

57

佐保子は道端の草を引きながら言った。

「むずかしい事ではないのよ。でも本当の事を言って頂戴ね、でないと私困るのよ」そう前置をして
「あなたは葉山さんをお好き?」と訊いた。

お幹は、そう言う事を、そう言う言葉で言馴れなかったから、びっくりして顔を赤らめた。佐保子はそれを見てとって
「普通の意味で、葉山さんを好きでしょう?」

「え」お幹は思っている通り答えた。

「あなたは何時迄《いつまで》も葉山さんの傍にいて下さるわね」佐保子は何時迄という所へ力をこめて言ったが、お幹は、何ともつかず
「いいえ、あたし駄目です」と急いで言った。

「何故ですの。あなたは今あの方になくてならない人なのよ。あの方のお仕事の為にも」

お幹は、今はもう葉山の友情に価《あたい》しないばかりでなく、お手本にさえなれない身体を、今更《いまさら》のように思い出した。

「お幹さんは私に遠慮しているんじゃなくって? それは葉山さんは私の許嫁よ。だけど、許嫁という因果関係と結婚とは別問題だと私は思うのよ。そりゃ葉山さんは私を憎んではいなさらないわ。でもそりゃ愛じゃないわ。まあ言って見れば、長い友情だわね。本当は私はじめはあなたを嫉妬した事もあったのよ。だけどだんだんあなたを好きになったの。私が男だったら葉山さんのようにあなたを恋していたかも知れないわ。ねえお幹さん、もし葉山さんがその気だったら、あなたは葉山さんと結婚してくれて?」

58

「まあそんなこと、あたし考えてもいませんわ。それにあの方は、あたしを可哀そうだと思って下さるだけです」

「恋してはいないと仰言るの。そりゃ嘘だわ。自分で意識していないだけです。あの方はそれを知らずにいるんです。あの方の夢の中にあの方の生活に、なくてはならない者が、身近くにいる事に気がおつきにならないんです。きっと今に私との関係が無意義だった事がお解りになるわ。私その事をあなたに言いたかったのよ。でも結婚なんてものは愛の完全な形でもないし、愛の目的でもないわね、だけど、いくら芸術家だからと言っても、幸福な日常生活は必要だと思うわ。いいえ芸術家だからこそ愉快な日常生活が必要なんだわね。先刻《さつき》、私結婚して頂戴って言ったけれど、それはあの方の日常生活の中へあなたに入って貰いたかったのよ。ねえ、お幹さん解ったでしょう」

　佐保子がこんな話をきりだしたのは、お幹への嫉妬だろうと思って聞いていたが、葉山の為を思う真情《まごころ》だとお幹にも解ってきた。しかしなお葉山にとってお幹がさほど必要なものだとはお幹には思えなかったし、葉山の「永遠の処女」のモデルになる資格を失った、今のお幹は、なつかしい葉山に逢うのさえ辛かった。お幹はその事を、佐保子の親切にさそわれて、打明けようと思ったが、ついに言わなかった。それは女同志の見得からでなく、お幹の弱い心が言わせなかった。

59

葉山は立ってから五日目の朝、旅から帰ってきた。駅からすぐ南風先生の画室へいった。先生にお幹の国許の話をする内にも葉山は、お幹が出てくるのを待った。「葉山が帰ったから」と先生が女中に伝えたが、お幹は頭痛がするからと言って出て来なかった。

葉山は何かそぐわない心持で先生の許を辞して、松浦を訪ねて、お幹のことを話した。松浦はすぐお幹の身に起ったかも知れないある想像を廻《めぐ》らしたが、葉山には言わなかった。

葉山は自分の画室へ帰った。しばらく明けていた寝室へ入ってゆくと、書物机の上に一封の手紙がおいてあった。

葉山さま　　　みきより

としてある。開けて見ると鉛筆の走り書で、所々涙がにじんで字の消えたところさえあった。

葉山さま。みじかい間だったけれど、あたしを親切にして下さったことを忘れません。そのうえあたしのためにいろいろご心配をかけたことを、あつくあつくお礼を申します。あたしは、あたしはもうあなたの「永遠の処女」でなくなりました。どうぞ可哀そうな娘をおゆるし下さい。そしてあたしを憎んで下さい。でもあたしは誰を恨みには思いません。みんなあたしのふしあわせです。これから先あたしどうなるのだか分りませんけれど、この上御心配下さいませんように。それではあなたのおしあわせを祈っております。佐保子さまにもおよろしくお伝え下さい。ではさようなら、ずいぶんごきげんよろしく。

60

葉山は、お幹の手紙を一字一句、まるで掘返《ほりかえ》すように読んだ。心理学者のような注意をもって言葉の裏まで詮索した。

「誰をも恨《うらみ》に思いません」という文句は、当然誰かを恨むべき事実を語っていた。葉山はそう言う事実を想像するさえ、恥《はず》べく恐ろしい事におもわれた。

葉山は彼の作品に、彼の半生の夢を打込み、生活の感覚で塗上《ぬりあ》げようとした。彼の夢に仮りの形をかりたのがお幹だった。そして、お幹はまた一《ひとつ》の愛すべき芸術品として、葉山に属したあるものであった。しかるに今や、お幹は夢を持たない路傍の女に過ぎなかった。

葉山の夢は、泥の中に微塵《みじん》に砕かれた。

「お前の言うように、可哀そうな娘よ。だが誰がお前を憎めるだろう」

葉山は今にしてはじめて、お幹を愛していた事を知った。しかしもう昔のお幹はいないのだ。

葉山は、画室に閉籠《とじこも》って朝から晩まで、時には夜中にさえ起出《おきいで》て、画布《カンバス》の前に立って絵筆《ぶらし》を動かしていた。しかし以前のような深厳な宗教的な気品も、夢幻的な牧歌の趣きも画面から消えていった。色調が強くなるに従って、人体は分解されていった。画面は騒がしい舞踏場で、色彩は乱舞曲であった。

友人達は、切《しき》りに新しいモデルを傭《やと》うように勧めたけれど、葉山は頑として諾《き》かなかった。月日は人の悲も喜も押流して、慌《あわただ》しく過ぎて、その年も暮れようとしていた。

61

お幹は、葉山を上野の駅に送った日を限りに、葉山を見なかった。逢う機会を求めようともしなかった。何故といえば、葉山の画室でこの間佐保子に逢ってから、一つには佐保子への心中立てと、一つには、今の身を葉山に打明ける勇気を失ったからであった。

お幹はその後暫く、南風先生の画室へ通っていたが、ある日、次第に仕上がってゆく自分をモデルにした泥人形を、つくづく見ていたが、発作的に泣き出して、いきなりその泥人形を床の上へ投げつけた。

驚きと怒りに真赤になった南風先生に、冷ややかな「さよなら」をして出ていったきり、画室へは勿論《もちろん》、学校へも再び姿を見せなくなったという事だった。

この頃は、どこかの人形工場の女工になっているという噂が、葉山に伝わった。いつか玉井が、上野山内でお幹に出会すと、お幹はつかつかと寄ってきて懐しそうにしていたが、眼に涙を一杯ためて、ただ「葉山さんによろしくね」と言ったきり走っていってしまったそうだ。

そんな風にしてお幹は、葉山の仲間からも忘られて、その年も暮れ、新しい年を迎えた。

葉山は学校の卒業期も眼近《めぢか》に迫ってきたし春の展覧会の季節も近づいたので、新しく作家としての焦慮を感じ出した。「永遠の処女」は未完成のままで出品することにし、これを期にして、葉山は遠く日本の地を去ろうと決心した。

62

春の展覧会が開かれると、葉山の作品の評判は、素晴らしい勢いで人々の話題に上った。新聞紙は、初号活字の標題《みだし》で「失意の天才フランスへ去る」とか「さらば永遠の処女よ母なる土よ」とか「葉山氏はその傑作『永遠の処女』を携えて遠く祖国を去り永久に帰らないであろう。何故なれば」と書いて、お幹と佐保子との三角関係を素羽抜《すっぱぬ》き、ある赤新聞の如《ごと》きは、南風先生の情事迄附加えて書きたてた。

この展覧会は素晴らしい人気で最初の幕を明けた。その招待日のこと、葉山は許嫁の父である金沢氏と令嬢佐保子を案内して、控室で話をしている時、案内の女が一枚の小形の名刺を葉山に示しながら、

「この御婦人の方がお目にかかりたいと仰言っています」と通じた。

葉山は、その名刺を手にとって見たが知らない人であった。

「お通ししてよろしいでしょうか」

「ともかくお通ししてお呉れ」葉山はそう言って腰を卸《おろし》て、名刺を卓上におくと、金沢氏は、ちらとその名刺を見たが、たちまち顔色を変えた。

「私はこれでお暇《いとま》しよう」

「そうですか」

金沢氏は令嬢を連れて出てゆくと、入替《いれかわ》りに一人の女性が控室の青い幕をあけて入って来た。黒い眼鏡をかけたその女は、貴婦人ともつかず、と言って職業婦人のようでもないなんしろ美しい婦人であった。

63

その女は、葉山に与えられた椅子に腰をおろすと、すぐ話し出した。

「もう御記憶がおありにならないかも存じませんが、いつぞや飯坂の温泉でお目にかかって失礼申上げた者でございます」

そう言われて葉山もやっと思いだせた。

「それを御縁にしてお目にかかりに参ったのでは御座いません、実は、あなたの御作品を私譲って頂きたいので御座います」

「そうですか」葉山は少し驚いた。

「そりゃ私風情が所望いたしますのを、おあやしみなさるかも存じませんが、まげてお聞届け願いたいので御座います」

「あれは目録にもある通り非売品にしているんですが」

「そりゃもう存じています。そこを我儘《わがまま》なお願いをするので御座いますわ」

「何と仰言ってもあれはいけないんです」

「お名前は申上げかねますが、実は、ある方から頼まれたので御座います。事情を打明けて頼まれて見ますれば、女は相《あい》見互《みたがい》と申します、こう申しちゃ失礼ですが、その方はある御婦人なんです、そんな事で難儀な事をお引受けしたので御座います」

「どんな事情か知りませんが、どうしても僕にはあの作品は手放せないんです」

そうすげなく断られて見れば、その女もこれ以上に言う事も出来ないで
「何と申上げてもお訊入《ききいれ》なくば致し方が御座いません。その由を先様へお伝えして、いずれまたお目にかかります」そう言残して、女は控室から出ていった。

64

翌朝はやく展覧会場へ、佐保子が逢いに来た。すこし話があるからというので、葉山は静かな博物館の裏庭へ佐保子を伴って、ベンチに腰かけた。

「今日は私、あなたにお別れに参りましたの」佐保子は話し出した。「更めてこんな事を申上げるとあなたはお驚きになるかも知れないけれど、私はもうとうから考えていた事なんですの。とうとう申上げる機会《おり》が来ましたわね。それに昨日父が展覧会から帰ってきてからの様子で私は是非、早くあなたにお目にかかりたかったんです」

「では今日、お父様が婚約の取消にいらっしゃる訳ですか」

「私がそう感じたんです。母は露わにそれを言っていました。でも母のは別な動機からなんです」

「お父様の動機は昨日出来たのでしょうね」

「ええ、それほど単純なんですの」

「あなたはどう言う理由なんです」

「私のは破約ではありませんわ。だって私はそんな因習を信じてもいなかったし、因習から生れる愛も信じないし、因習から出立した結婚も考えた事はありませんわ。約束を信じないものに破約もありませんもの。だけど悲い事には、私達の愛は、その約束のためにどれだけ妨げられたり、不純にされたかわかりませんわ。そうお考えになりません？　だけど、それはもう過ぎた事ですわ。あなたにも私にも私達の両親にも罪がありません。ただ少しばかり責任が残っているきりですわ」

65

「その責任を私達二人で果したいと思いますの。私達は、世間の男や女で結婚してからする事を、もうみんなして終《しまっ》たのではないでしょうか。あなたにお目にかかったのは、ずっと以前或《あるい》は赤坊《あかんぼ》の時だったかも知れませんわ。物心がついてから、あなたは小さい中学生、私はほんの小娘でしたわね。まるでままごとの夫婦のように暮して来ましたわ。ただ世間の夫婦のように新婚旅行をしたり、赤ん坊を持つ事が出来なかったけれど――女に生れて母になれないのは寂しいけれど、今は悲いとは思いませんわ。この先、私達がもし結婚しても、する事はもうそれだけですのね」

「それで別れようと仰言るんですか」

「それは私達は、少《すく》なくも今のあなたは、そんな世間並な家庭行事をなさろうとは、お思いにならないでしょう。それに、それをなさるには私よりも、もっと身近の適当な人がおありなさると思いますの」

「お幹の事を言っていらっしゃるんでしょう」

「ええ。でもそれを私が素直な心持で言っている事は解って下さいますわね。私、葉山さんが承知なすったら、結婚なさるかどうか、お幹さんに訊きましたの」

「お幹は何と言いました」

「私は駄目ですって、お幹さんは言いましたわ。でも私、結婚なんか勧めたのでありませんよ。ただお幹さんがあなたから離れないようにとおもって、私から頼みましたの。余計な事をすると、叱らないで下さいね」

「その事を私もっと早くあなたに申上げたかったんです。でもいつお伺いしてもあなたは逢って下さらないんですもの。あなたが急に外国へなぞお出《いで》になる決心をなさったのも、あなたははっきり意識なさらないでも、私達の約束を重荷にしていらっしゃるせいじゃないかと、私思いますの」葉山が何か言おうとするのを佐保子は遮って「いいえ、私は、それであなたを責めているのじゃありませんのよ。ただ私、あなたは外国へいらっしゃらないでもあなたが求めていらっしゃるものも、望んでいらっしゃるものも、みんな日本にあるのじゃないかと、浅果《あさはか》な考えか知れませんが、私そう思いますの」

「お幹がそれだと仰言るんでしょう」

「間違っていたら御免なさいね、さあ、私もうみんな申上げてしまったようですわね。ああ、それから昨日あなたを会場へお訪ねした女は、実は私の使いなんです。でもあなたがどうしても承知して下さらないから、何故あんな事をしたかは申上げませんわ。それにあれは、父の知っている女なんです。父も母も悪い時刻に来合せたんですが、それも、もう済んでしまった事ですから申上げませんわ」

佐保子は、更めて葉山の方へ向いて言った。

「では御機嫌よろしく、もうこれでお送り出来ないかも知れませんから」

「では、僕ももう皆様にお目にかかりますまい。どうかよろしく」

二人はそうして別れた。

67

葉山の船は、四月十三日に横浜を解纜《かいらん》する事になっていた。学校関係や郷里の方の送別会を終えて、最後に、葉山の極《ごく》親しい仲間内だけで、葉山を送ろうという事になった。

それは上野の彼岸桜がちらほら咲《さき》そめたという四月九日の夕方であった。葉山の画室で盛んな、しかし、しめやかな送別会が催された。

それは実に奇抜なものであった。まず画室の正面には「永遠の処女」が掛けられた。額縁をすっかり黒い布で捲《ま》いて、下には線香が立てられた。床は一面に白薔薇《しろばら》を敷きつめ、すべての調度は、卓《てえぶる》と言わず、椅子と言わず、すっかり黒い色で塗りかくされた。来客は、悉《ことごとく》黒のあやしげな喪服を着た。ヴィナスの女神像さえ、喪服を着せられた。

人の気と、紫色の煙草の煙とで、室の中はまるで南国の朧夜《おぼろよ》のようであった。数限りなく点《とも》した蠟《ろう》燭《そく》の光りは、線香と花の香の中に立迷って、酔ったように揺らいでいる。人の影も物の隈も、おぼろの空気の中で、ゆらゆらと動いていた。

主人公葉山は、頗る上機嫌で、連中は盛んに、シャンパンを抜いて気勢をあげるのだった。

喪服を着たあやしげな主人も、客も、したたかに酔っぱらって、言葉はすべて歌のように話され、歌はすべて、そのまま言葉であった。

68

この時、玉井がいきなり卓《テーブル》の上へ立ち上って、帽子を振りながら叫び出した。

「満場の淑女並《ならび》に紳士諸君！　とこう俺は呼びかけたいのだ。しかし仕方がない、単に紳士諸君としとけ。だが我々は今日この集まりの中に、少くも二人の淑女を見出す筈であったのだ。しかるに、我々は不幸にして……」

「おい玉井、そんななきごとはよせよ」湯川はいきなり玉井を卓《テーブル》の上から引摺下《ひきずりおろ》した。玉井はお構いなくつづけた。

「しかるにだ、ロマンチスト葉山の不幸は、その芸術をして……」

「玉井、好い加減にしろ、お前の感傷主義《センチメンタリズム》時代はもう過ぎたよ。俺達は何だって喪服を着ているんだか、お前に解るかい。佐保子さんの事は言わない事にするが、あの浮気な小娘の事を、お前はまだ葉山に思い出さそうとしているんだ」湯川が、まだ何か言いそうなので松浦は玉井の腕をとって長椅子の方へ連れてゆきながら
「さあ、俺が弾くから玉井歌ってくれ。〈約束もなく〉をやろう」

松浦は、ギタアを取上げて弾きだした。連中は歌い出した。大男玉井と小男の湯川が松浦のワルツに合せて踊りだした。踊り草臥《くたび》れると飲んだ。

春の夜は、しずかに更けていったが、この饗宴はいつ果《はて》るとも見えなかった。

その時、戸口にノックするものがあった。松浦が、その方へ立っていった。

69

内から戸を明けると、二人の婦人が立っていた。それは佐保子とお幹とであった。

この夜更に、そして予期しない来訪を、驚きと喜びを持って、連中は立って迎え入れるのであった。それは、長い冬の後、再び春が繞《めぐ》って来たように、皆の心にやわらかい微風を送った。

玉井は、まず長椅子から飛上って叫んだ。

「来た、来た。我々の〈永遠の処女〉が帰って来た！」

去年の暮、上野の駅に送られてからこのかた、葉山は、はじめてお幹を見るのであった。佐保子は、招ぜられた椅子に腰をおろしてから言いだした。

「皆様、御免下さいまし。私はどうしても、今夜お幹さんをお連れして、葉山さんをお見送りしたかったので御座います。私の思い付が、もしも皆様の歓楽をお妨げしましたら、どうかお許し遊ばしましな」

「いえどうしまして、僕は、一同に代ってあなたの変らない友情を感謝します」松浦は、丁重に礼を述べた。そして一同、葉山のためにまた二人の淑女のために、乾盃《かんぱい》した。

「お幹さんをお届けしたら、これで私の事はすんだので御座います。こんな事を皆様の前へ御披露するのは、作法でないかも存じませんが、このつまらない贈物《おくりもの》を、お幹さんに、そうして葉山さんにお贈りしたいので御座います」佐保子は、そう言いながら、懐から小さな包を取出して、卓の上に置いた。

70

佐保子は葉山の方へ向き直って
「葉山さん、私はすぐお暇しますから、私が帰りましたら、どうぞこれを開いて見て下さいまし、そうしてどうか、私の最後の友情をおうけ下さいますように、私はそのために、こうして皆様の前で、この事を申すので御座います。では、どうか御機嫌よろしく」

「何だか知りませんが、たしかにおうけします」葉山は、佐保子の握手に答えた。

佐保子が戸口を出ようとすると、お幹は、馳《か》けよって後からその手にすがった。佐保子は、しずかにお幹を抱くように寄添って
「好いのよ。あなたも丈夫でいて頂戴ね」

姉が妹に言いきかせるように言ったが、その眼には涙があった。お幹は門まで佐保子を送りながら出ていった。一同も庭へ出て、待たせてあった佐保子の馬車が、麦畑の向うへ見えなくなるまで、黙って見送っていた。

お幹を伴《つ》れて、一同は画室へ入った。

「さあ、開けて見ようじゃないか」すっかり酔のさめた玉井は、葉山を促した。葉山は包を解いた。

葉山さま
お幹さま
かわらぬ友情をもって、佐保子

と書いた青い封筒を開けると、中から一枚の海外旅行券が出た。それは正《まさ》しく「中川みき」と記名してあった。他の一封は、「はなむけ」と記して、日本銀行の為替が入れてあった。

71

一同は、有頂天に喜んで、お幹を胴あげして、踊ったり飲んだりするのだった。しかし葉山はひそかに、佐保子の友情を受くべきかどうか思いなやんだ。お幹は始終葉山の顔色をうかがっていた。

「おい幹ちゃん、なんだってそんなに沈んでいるんだい。新婚旅行にフランスへゆくなざあ、とても羨《うらやま》しいね」

玉井がそう言うと、煙草に火をつけていた湯川が、笑いながら
「新婚旅行は好いが、お幹ちゃん、フランスへいって浮気をしちゃいけないよ」

「いやな湯川さん、あたしがいつ浮気なんかして？」お幹が言いかえした。

「ただ、浮気をしちゃいけないって言ったんだから、そう怒るなよ」

「だって始終浮気をしてでもいるように仰言るじゃありませんか」

「じゃ、時々はしたという事になるんだね」

お幹は、さっと顔の色を変えた。戯談《じょうだん》がだんだん険しくなってゆく気はいに、玉井は堪《たま》りかねて口をきった。

「おい湯川、あんまり失敬な事を言うと、俺が承知しないぞ」

「感傷癖家《せんちめんたりすと》の言いそうな事だ」湯川は、一笑に附し去ろうとしたが、玉井は、酔っていたので本気に怒り出した。

「俺が何であろうと好いが、この場合、何だって幹ちゃんにけちをつけるんだい」松浦達がとめたが、玉井は、湯川の前へ立っていった。

72

湯川も、玉井に喰ってかかられては、勢い後へも引けなかった。

「俺はお前とは違って、冷静な写実家なんだ。見ない事なんか、こればかしだって言やしないよ」

「じゃ何を見たって言うんだ」

「言えと言えや言うがね。ただお幹ちゃんのちょっとした浮気を見ただけさ」

今度は、お幹は黙ってはいられなかった。

「湯川さん、あなたはあんまりな事を仰言います。あたしが何日《いつ》浮気をした所を御覧になったのです」

「まあまあ、幹ちゃん、そんな事を訊いたってどうなるんだ、もうおよし。湯川も湯川だ。大人気《おとなげ》ない事を言うなよ」

松浦が、立っていってお幹をとり静めたが、お幹は、真青な顔をして
「いいえ、ほかの戯談《じょうだん》とは事が違います。あたしは黙ってはいられません。湯川さんあなたも男です、一旦《いったん》口に出した事を、引込めては卑怯です。さ、言って下さい。あたしが何時《いつ》、何処《どこ》で浮気をしました」

「お幹ちゃん、今日は芽出度《めでた》い日なんだからそんな事を言うのは止《よ》したまえ」松浦は、なだめたが、

「いいえ、今日のような日だからこそ、あたしは言わねばなりません。そりゃ、あたしは皆様御存じのように汚れた女です。汚れた女だけれど浮気をした事なんか、一度だってありません」

73

お幹は、眼に一杯涙をためて、しかし吃《きっ》となって言った。

「そりゃあたしが弱かったんです、そして、なんにも知らなかったんです。義理というものが何だか、操というものがどんなものか、あたしには、解らなかったんです。それだからと言って、わたしは、あたしのした事を許される事だとは少しも思ってやしませんよ。だからこそ、あたし、葉山さんに、それはそれは済まないと思って、死ぬ思いをして、今日まで生きていたんです、折角あたしを救って下さった方に、死んでは済まないから、それで、死ねなかったんです。生きていながらお目にかからないほど、あたしは今日まで、苦しい思いをしてきたんです。でもそんな事はなんでもありませんわ。やっぱり、あたしは生きているのを嬉しいと思っていましたわ。葉山さんが外国へおたちになる事をきいて、他事《よそ》ながらお送りしようと思っていると、突然佐保子さんが訪ねて下すって、いろいろ打明けたお話やら、あたしのようなものに、勿体ない御親切に甘えて、こうして、今夜お別れに上がったんです。佐保子さんが何とお頼みになろうとも、よし葉山さんが許して下さろうと、あたしは、そんな勿体ないことをお受けしようとは思っていませんでした。佐保子さんが仰言るには、葉山さんはきっと、もう生きて日本へお帰りにはならないだろう。私はあの方を愛しています、あなたも愛しているでしょう。あの方のために、私のために、どうか一所にいってくれって、仰言るんです」

74

「今夜、ここへお訪ねしたのは、一つには、葉山さんにもお目にかかりたかったし、一つには、あの方のお心づくしを無駄にしないためだったんです。あたし、どんな辛い思いをして、葉山さんの前へ出たことでしょう。あたしは決心しています。こんな心持は、失礼ですけれど湯川さんには、解って頂けないでしょう。湯川さんは、先刻《さつき》も、冷静な写実家だと仰言りながら、傷つけるだけ傷つけておいて、何も証拠を言っては下さいませんでした、あなたが仰言らないなら、あたしが申します。あなたはきっと、いつか鈴木という男が、あたしを池の端の待合へ連れていった時に、あとをつけていらしたんでしょう。あなたはあれを御存じないけれど、あれは葉山さんも、松浦さんも御存じの事なんです。でもあたしは今もいうように汚れた女です、浮気をするかもしれないと思われても、しかたがありません。でも、あなたに言われるまでもなく、あたしは、自分の醜さも恥しさも、存じていますわ。自分ではもう消え入りたいほどに思いながらも、何かしら強い力に引かれて、それは切ないせつない思いをしながら、今日まで生きていたんです。

湯川さんには、何か証拠でもお見せしないと、お解りにはなりませんのね。あたしがどんなに、葉山さんを思っていたか、どんなに葉山さんのお心に酬《むく》いたか、いまにお解りになりましょうよ。でも湯川さん、これはあなたのためではありませんよ。ついしたはずみからこんな事を言ってしまったけれど」

75

「それは南風先生のためでもありません。あの方の、ふとした過失《あやまち》など今更とがめようとは思いません。葉山さんの〈永遠の処女〉が何の事かはじめは、解らなかったんです。でもやっと、ここまで来て解った気がします。葉山さんのそのお心持がどんなに、佐保子さんの心に入っていったか、また、あたしの心の中で育ったか、それをいま皆様に知って頂きたいんです」

お幹は、そう言いながら葉山の方へいって両手をとって、涙の眼の底から、じっと葉山を見据えた。

「葉山さん、さようなら。あたしは生きている内は、何一つあなたのたしにはならず、お世話ばかりやかせましたわねえ。あなたの絵の仕事をお助け出来なかったのを何よりも残念におもいます。でも、今こそあたしはあなたのお仕事を生かすことが出来ますわ。さようなら、葉山さん」

そう言って葉山の手を放すと、いきなり窓際の方へ飛んでいった。誰一人、どうする事も出来ないでいる間に、お幹は、身を躍らして、窓から外へ飛び降りた。

画室は、流れに望んで建っていたので、窓の下は、数丈の崖になっていた。皆驚いて崖下へ馳《か》けつけて見ると、お幹は、脱ぎすてた着物かなんぞのように、ぐったりとして岩の間に横たわって、虫のいきであった。

真青になって、突っ立った葉山の額を、木もれの春の日がしずかに照した。

後記

最寄の医師をたのんで、応急手当を加えると、生命だけは、やっと取とめたが、両脚は無惨に挫折して、切断するより外に、施す術はなかった。

お幹と葉山との物語は、これで終る。

銚子犬吠岬の夕暮に、揺籃車を押してゆく男と、車に乗せられてゆく女とが、この二人であることは、言うまでもない。

銚子海浜ホテルの露台で、この物語りを話した女が、この篇中の誰であったかは、賢明な読者はすぐ気づくでしょう。

作者附記
まず、この拙《つた》ない物語を仕舞《しまい》まで読んで下さった友情ある読者諸君に、はるかにあつい感謝を送る。
この物語は、予告にも書いた通り、女の嫉妬について、三つの話を書くつもりであったが、この話一つで、遥かに予定の回数を超えてしまったのです。で、ひとまずこの話だけで打切りにしました。あとの話は、これに加えて、三部曲としていつかどこかで発表する機会を待って戴《いただ》きます。
今具体的に言えないが、この一篇も別な表現の方法で、発表することになっていますから、それだけ申添えておきましょう。予告に背いたかどは、一重《ひとえ》に御寛恕《ごかんじょ》を乞う。

東京災難画信

1

昨日まで、新時代の伊達男《だておとこ》が、所謂《いわゆる》文化婦人の左の手を取って、ダンシングホールからカフェーへと、ジャック・ピックルの足取りで歩いていた、所謂大正文化の模範都市と見えた銀座街が、今日は一望数里の焦土と化した。

自分の頭が首の上に着いていることさえ、まだはっきりと感じられない。化学も、宗教も、政治も暫《しばら》く呆然としたように見えたに無理はなかった。

大自然の意図を誰が知っていたろう。自然は文化を一朝一揺りにして、一瞬にして、太古を取返した。路行《みちゆ》く人は裸体の上に、僅《わずか》に一枚の布を纏《まと》っているに過ぎない。何を言うべきかも知らず、黙々として、ただ左側をそろそろと歩いてゆく。命だけ持った人、破れた鍋をさげた女、子供を負った母、老婆を車にのせた子、何処《どこ》から何処へゆくのか知らない。ただ慌《あわただ》しく黙々として歩いてゆく。おそらく彼等自身も、何処へゆけば好いのか知らないのであろう。

2

浅草観音堂を私は見た。こんなに多くの人達が、こんなに心をこめて礼拝している光景を、私ははじめて見た。

琴平様や、増上寺や、観音堂が焼残《やけのこ》ったことには、科学的の理由もあろうが、人間がこんなに自然の惨虐《ざんぎゃく》に逢って智識の外《ほか》の大きな何かの力を信じるのを、誰が笑えるでしょう。

神や仏にすがっている人のあまりに多いのを私は見た。

観音堂の「おみくじ場」に群集して、一片の紙に運命を託そうとしている幾百の人々を私は見た。それは必ずしも日頃神信心を怠らない老人や婦人ばかりではない。白セルの洋服のバンドにローマ字をつけた若い紳士や、パナマ帽子を被った三十男や、束髪を結った年頃の娘をも、私は見た。

その隣で売っている、「家内安全」「身代隆盛」加護の御符の方が売行が悪いのを、私は見た。この人達には、もはや家内も身代もないのであろう。今はただお御籤《みくじ》によって、明日の命を占っているのを私は見た。

みくじ場
おみくじ

3

市役所の施しの自動車が、何か合図をしたのか、時刻を知って待っていたのか、永楽町のある四辻へ自動車がとまると、その辺の塀の蔭から、社宅の裏門から、ぞろぞろ皿を持った男や女が、一斉に走って出た。車上の男が

「二列に並んで下さい」と号令をかけると、逸早《いちはや》くずらりと二本の人間の線が出来る。私は、不思議なこの二本の黒い線を暫く見ていた。その方へレンズを向けると、中でも年若い男は、それを見つけて非難するような険しい顔をするものと、少し気恥しい顔をするものとを見た。殆《ほとん》ど腰のもの一つで皿を高くさしあげて、人を押しのける年老《としお》いた女をも見た。

私は何か気の毒な気がして、その場に長くいるに堪えなかった。恵む者が、恵む心を忘れないためであろうか。施される者が、施される意識を持ち過ぎるためであろうか。私は知らない。

4

煙草を売る娘

やっと命が助かって見れば人間の慾《よく》には限りがない。どさくさの最中に、焼残った煙草《たばこ》を売っている商人の中には定価より安く売ったものもあれば、火事場をつけこんで、定価より二三割高く売った商人もあったと聞く。高く売る者は、この際少しでも多く現金を持とうとするのだし、安く売る者は、ただの十銭でも現金に換《かえ》て、食べるものを得なくてはならないのだ。

三日の朝、私は不忍《しのばず》の池の端で、おそらく二十と入っていない「朝日」の箱を持って、大地に座って煙草を売っている娘を見た。煙草をパンに換えて終《しま》ったら、この先《さ》き娘はどうして暮らしてゆくのであろう。

売るものをすべてなくした娘、殊《こと》に美しく生れついた娘、最後のものまで売るであろう。

この娘を思う時、心暗澹とならざるを得ない。そうした娘の幸不幸を何とも一口には言い切れないが、売ることを教えたものが誰であるかが考えられる。恐怖時代の次に来る極端な自己主義《エゴイズム》よりも、廃頽《はいたい》が恐ろしい。

5

表現派の絵

「音と言ったって、どんとかがらっとかいうありふれたんじゃあないんだ、迚《とて》も素晴らしい音よりもっと素敵な音だったよ。それと同時に、ガラス窓が、三角派の絵を雲母《きらら》で描いたようにきらきらと光ったかと思うと、畳が波のようにうねって押寄《おしよ》せる、天井板が脛《すね》の上で口を開けているんだ。こうなると物の色とか形とかいうものは無くなって、元素が分解し、細胞が分離して、混沌とした常暗《とこやみ》の神代のおのころ島さ。それでも不思議なものだね。そんな時にも人間は本能的に方角を心得ているんだね。真暗な中からどこをどう出たか、一つの壁を破ってその穴からふっと頭だけ出すと、空は真赤で、昼日中さ、天地開明てのはこれだなと思ったよ。見れば眼の限り瓦の波さ、その筈《はず》であの辺は場所が悪いや、がらっとくると同時にぴしゃんこになった田町なんだ。屋根の波の上を四《よつ》ん匍《ばい》になって匍《は》ったものだ。山王の森が、緞帳《どんちょう》芝居の浅黄幕のように、ふわりふわりと揺れているんだから、人間が歩けないのに無理はないやね。独逸《ドイツ》の表現派の絵がやっと解ったよ」とある芸術家が話した。

6

自警団遊び

「万ちゃん、君の顔はどうも日本人じゃあないよ」豆腐屋の万ちゃんを摑《つかま》えて、一人の子供がそう言う。郊外の子供達は自警団遊びをはじめた。

「万ちゃんを敵にしようよ」

「いやだあ僕、だって竹槍で突くんだろう」万ちゃんは尻込みをする。

「そんな事しやしないよ。僕達のはただ真似《まね》なんだよ」そう言っても万ちゃんは承知しないので餓鬼《がき》大将《だいしょう》が出てきて、

「万公！　敵にならないと打殺《ぶちころ》すぞ」と嚇《おど》かしてむりやり敵にして追《おい》かけ廻《まわ》しているうち真実《ほんとう》に万ちゃんを泣くまで殴りつけてしまった。

　子供は戦争が好きなものだが、当節は、大人までが巡査の真似や軍人の真似をして好い気になって棒切《ぼうきれ》を振りまわして、通行人の万ちゃんを困らしているのを見る。

　ちょっとここで、極めて月並みの宣伝標語を試みる。

「子供達よ。棒切を持って自警団ごっこをするのは、もう止めましょう」

7

被服廠跡

災害の翌日に見た被服廠《ひふくしょう》は実に死体の海だった。戦争の為《た》めに戦場で死んだ人達は、おそらくこれ程悲惨ではあるまい。ついさっきまで生活していた者が、何の為めでもなく、死ぬ謂《い》われもなく死んでゆくのだ。死にたくない、どうかして生きたいと、もがき苦しんだ形がそのままに、苦患《くげん》の波が、ひしめき重なっているのだ。相撲取《すもうとり》らしい男は土俵の上で戦っているように眼に見えぬ敵にあらん限りの力を出した形で死んでいる。子を抱きしめて死んだ女は、哀れではあるがまだ美しい。血気の男の死と戦った形は、とても惨《いたま》しくて、どうしても描く気になれなかった。

この絵は、最後の死体を焼いている十六日に写生したものだ。市はこの空地《あきち》をどう利用するつもりか知らないが、何か愉快な寺でも建て、この空地をはじめ両国のあたり川岸一帯に柳でも植《うえ》て、せめて死者のために、工場の煙の来ない緑の楽土にしてほしい。昔の事は知らないが、柳橋に柳が沢山《たくさん》植てあったり、緑町が文字通り緑であったら、こんなことも或《あるい》は免《まぬが》れたのかも知れない。

8

骨拾い

気狂日和《びより》の黒い雨雲が低く垂れて死体を焼く灰色の煙が被服廠の空地をなめるように匍っている。人間の命の果敢《はかな》さを感じるには、まだ私達はあんまり凶暴な惨害の渦中にいるのだが、諸々に高く積まれた白骨の山を見ると、今更《いまさら》のように、大きな事実を感ぜずにはいられない。

白骨の山の一つ一つには「緑町附近避難者」とか「横網附近避難者」とか書いた立札がしてある。近親や遺族の人達であろう、骨の中から骨を拾っている。さすがに女は、箸を投げ出し、袖に顔を被って泣きくずれる人もあった。

私にしても、この中に知人友人の幾人かがあるかも知れないのだ、祭壇の前で思わず帽子をぬいだ。浅草橋まできて、乗合自動車に乗ろうとすると、ぎっしり人でつまった中へ、我先に乗ろうとするひしめき様、ここにも被服廠の縮図がある。疲れきった自動車が、たまたまパンクすると、さあ切符を返せという騒ぎ。

白骨の山

9

救済団

　郊外のある文学者の所へ、一人の見知らぬ女性が訪ねてきた。断髪で盲縞の筒袖をつんつるてんに着て、海水帽をかぶった十七八の女だそうだ。「私達の望んでいる世界が来そうですね。階級の差別が撤廃されれば、男女の区別も無くなるのが本当ですよ、女が日本髪なんかに結って大きな帯で振袖をしゃなしゃなする時代じゃありませんよ」等と言ったそうだ。こんな風に考えている人間が沢山あるようだ。花柳界を裏街へ持っていったり、彼女等の商売さえ取上げれば、女も男も救われて世の中が品行方正になると、単純に思っている救済会とか婦人愛国会とかの貴婦人連が、子供のような洋服をきたり派手なお召《めし》をきて自動車へ旗を立てて焼跡を見物に出かける呑ん気《のんき》さも馬鹿らしいが、女が悉く《ことごとく》盲縞のつんつるてんになって、どんどん男の仕事を奪って共同の事業をする時代を喜ばねばならないだろうか、花の咲く木は皆伐《き》ってそこへバラックの長屋を建てるのだろうか。世の中はおもむきを失い、女はもののあわれを忘れようとしている。

ろうそく

10

浅草の鳩

観音堂の鳩を見舞にいったと言えば笑われるであろう。しかしどうしたものか浅草の火事で一番に鳩と十二階が気になった。いってみると鳩も、銀杏《いちょう》の木に巣くっている鶏《にわとり》も無事でいた。しかしあの騒ぎで、餌はないしへとへとに労《つか》れてよろよろしていたそうだ。飢《うえ》た避難者の為に、どれだけ殺されたかわからないとその辺の人の話だ。

この境内で恋の神様だと言われている久米平内《へいない》も背中合せの六地蔵尊も、この所頗《すこぶ》る閑散を極めている。

鳩の見舞に出かけた私もさる事ながら、去る三日の夕方、廃墟のようになり果てた新橋金春《こんぱる》の、ある芸者屋の焼跡に立って、立退き先を手帳に書止めている五十近い紳士を見た。

折目の新しい白セルの服に、塵《ちり》一つ止めぬ白靴の伊達姿で、河岸《かし》には自動車が待たせてある。この男が、焼跡を見廻る愛国婦人会の貴婦人の良人《おっと》であると言っても、大して穿《うが》ち過ぎた皮肉ではありますまい。

11

待乳山

待乳山《まっちやま》も、なまなか小唄の名所であっただけに、こうなって見れば、なかなかに哀れが深い。

二の腕にむかしの情人《いろ》が萎《しな》びてい

という川柳の趣《おもむ》きがある。

これも端唄《はうた》の中にある柳島の橋本が焼けずに残ったのはいささか嬉しいが、妙見様が焼け落ちて、川向うの雑然とした工場が総《すっか》り丸見えになったのは少《すく》なからず風致を害する。新東京は、まず第一に工業部落を遠隔の地へ置かなくてはならない。妙見様の焼跡に、軽便洋服工場を建《たて》たり、橋本の向うを張って「すいとん五銭、牛めし十銭」の民衆食堂を建かねない、市民諸君の猛省を促す。

幸いに災難を免れた、向う島の入金《いりかね》や水神あたりも、大勢に促されて、広東《カントン》あたりからわんたんの板前を傭《やと》い入れる時代が来ないとも言えない。

12

仲秋名月

青山の原で、薄《すすき》を引いている女があった。何げなく見て過ぎたが、きょうは仲秋名月の宵であった。着るものも不自由勝ちなバラック生活の中でも、望月の供物を忘れない人があるのであった。

今宵、トタン屋根の軒近く生きのびた喜びに心ばかりの手向けをして、明月を眺める人もあろう。大空の草の上に我々の祖先がしたように、原始人の驚きと喜びをもって、月を見けるひともあろう。

この騒ぎに、二日や三日を戸外の土の上で大空をながめながら、夜を送らないものはなかったであろう。そこで我々は、共同生活の訓練も得たし、創意《おりじなりてー》ある簡易生活の暗示をも得たように思う。また、自然の中に、大地の母の懐《ふところ》に生活する好い経験も得た。あまり創意《おりじなる》のない、悪い文化の模倣生活の愚かさを醒ましてくれた点でも、この災難は意味があった。

中秋名月

13

廃園

やさしい小径《こみち》は、木々の緑がおのずから蔭《かげ》をつくり、花壇の中には四季折々の花が咲きみだれ、大きな花のようなパラソルは、肩の上で廻りながら歩いてゆく。また夏の宵は、多恨《たこん》の若者が青いベンチで銀笛を鳴らしている。そのかみの日比谷公園を、今は見るよしもない。

かしこのベンチ、ここの木の根には、歩み疲れ思い労れた無宿の旅人が、知るも知らぬも黙々として坐っている。地震が来ようと、火事が来ようと、もうびくともしないという格好である。

「死んでいた方が好うござんした」命だけやっと持って逃げ出した人は、この人もあの人もみな一様にそう言う。

生命や財産が、ますます惜しくなって戒厳令を二年でも三年でも布《し》いて置きたい人もある。

何にしても、我々は、我々の持場で、最も好く働かねばならない。

14

見まじきもの

がらッと来ると、細君も子供もおいてきぼりで、家の外へ飛出《とびだ》した良人に、細君が怨《えん》じて言うのだ。

「まああなたという人は、私にはまるっきり愛がなかったのね。私よりも御自分の方が可愛いのでしょう」

不幸な良人は、何と言い解く術《すべ》を知らない。

東京から遠く旅していたある男は、東京全滅ときいて、立詰《たちづめ》の汽車に乗って、清水港から船で、観音岬までくると建物や建具や人の死体が、海一面に浮いているのを見て、東京が全滅しては、最愛の妻も生きてはいないだろう。涙ぐんで帰って見ると、日頃勝気な細君は、焼出されはしたが、自分の着物と貯金帳だけ持って親許《おやもと》へ帰っていた。着たきり雀になった良人は、それでもやっと言うのだった。

「兎《と》に角《かく》、お前が生きていて好かったよ」

そんなに心の底まで見せ合っても、生活はすぐに不幸を忘れさせるだろう。

15

ポスター

事変の瞬間から通信機関を失った東京市は、流言《りゅうげん》蜚語《ひご》や荒唐無稽の伝説が口から口へ伝えられ止《とど》まる所を知らなかった。この時に当って唯一の通信機関をなしたものはポスターであった。欧州戦争が秀《すぐ》れたポスターを残した理由もそれであった。緊張した国民ほど好いものを描いている。独逸《ドイツ》や仏国はさすがに素晴らしい産出だった。

此度《このたび》の陸軍のポスターの如《ごと》きは、迷える人心を遺憾なく捕えて、予定の効果を収め得たようだ。最近司令部が出した「地震火事悪疫」のポスターは、絵がいかにも常識的であった。市長永田氏のポスターは熱は欠けているが穏《おだや》かなものだった。

上野の秋色桜《しゅうしきざくら》の枝に下げてあった「尋ね人」のポスターは、小学生らしい筆蹟で「信子さんココデマッテオイデ新次郎」と書いてあったのは涙を誘うが、増上寺の「雷藤太郎大崎大鳴門へ避難」は、忙中微笑を催す。上野には近頃「ああ生存の喜び」「倒れたらば起きよ」「内よりの力で生きよ」などという篤志家の自由ポスターが掲示されている。内容それ自身が宣伝になっている物には力がある。

有りもせぬ事を言
觸らすと、處罰さ
れます
警視廳
牛めし
すゐとん

16

ポスター２

「困っている罹災者達に少しでも皆さんの着物を与えて下さい。食料の供給は行亘《ゆきわた》った。各所のバラックも完成に近づいた。只《ただ》余す所は被服給与の事だけです。当局はじめ特（篤）志家の誠意によって配布されるであろう。然《しか》しこうする間にも朝夕の寒さはだんだん烈《はげ》しくなって来た。全く着のみ着のままな罹災者達は今ほんとうに困っている、それでも配布せられるまで待って居なければならないとは言えそれは果していつの日なのでしょう」

これは須田町の銅像の下に貼り出したポスターの絵と文とである。若い美術学生でも描いたのであろうか、絵も文もたどたどしいが、人間に愛情をもった熱意がほの見えて嬉しい。陸軍が最近発表したポスターの「過激派の末路」とかいうので父子相食《あいは》む絵のあるものや「消化せぬ食物」というので子供がクロポトキン酒や虚無酒やマルクスというパイを食っているポスターは、宣伝の主趣《しゅしゅ》があんまり露骨で浅い。いま少しすべての国民の智慧と感情をぐっと一攫みに攫むような強い表現をした方が効果が多いように思われる。

17

子夜呉歌

「佐々木さん夜警の時間ですよ」そう言って自警団の士官級が、夜夜中《よるよなか》当番の者を起して歩く。

「はい只今」夜警のある晩は宵から床へ入ってもなかなか眠れない。昼の仕事で労れていても時間まではまじまじと起きているのだ。男はレンコートを引《ひっ》かけて棒切を持って出てゆく。

「おお寒い」戸外は長安一片の月夜だ。

「もっと着ておいでになったら？」と妻が気づかう。

「なあにこれで好いさ、男子戸を出《いず》れば勇敢な武士《もののふ》だ」

良人が、出陣しているのに、妻が安閑と寝てもいられないから、暖かいココアでも用意して置こうと、妻は七輪の火をおこしはじめる。

やがて、横丁の露地を、彼女の良人であろう、馴《な》れぬ拍子木の音が、遠くへ消えてゆくのが聞かれる。

秋風吹き尽さず
すべて是《これ》玉関の情
何《いず》れの日か胡虜《こりょ》を平げて
良人遠征を罷《や》めん（下座の唄）

18

長い日曜日

浅草や日比谷公園のバラック街へ行くと、何の事はない田舎町《いなかまち》のお祭りだ。紅白の幕、赤い提灯《ちょうちん》、古着や世帯道具を売っている所は、さながら京都東寺の御会式《おえしき》（例年四月二十一日）のようだ。上方から見物に来たらしい女連が

「あの風はどうや」

「おおしんど、わてもう見物するのんいややし」などと言いながら歩いている。丸の内辺の会社員が、仕事がないので、有名な日比谷のしるこ屋の娘など珍しげに見て歩くのに誘われて、やっと一枚施しの着物にありついた避難者までが、何かしら落付《おちつき》のない慌ただしい心持で、ふらりふらりと歩いている。学校のない子供達は、ぶっ通しの日曜日を喜んで、長いお祭りを楽しんでいる。地獄極楽のからくりや、曲馬団のマーチでも聞えて来そうな賑やかさだ。

たった一人、歩哨の兵士は来るかも知れない敵を、待つ事既に久しいのに疲れて、里の祭りにどぶろくを飲む、白日の夢を夢み心地に、まだ立ちつくしている。

おでん

19

帰去来

今は都会に憧れて来るのでもあるまいに、上りの汽車で毎日掃出《はきだ》される地方の人は夥《おびただ》しい数だ。新しい大正維新の偉業に参与する意気組でもあろうか、大資本家を夢みたり大工場主を空想して来るのでもあろうか、再び機械文化の犠牲になったり、都会生活の下積《したづみ》になるのでなかったら幸いである。

遺骨の小箱を土産《みやげ》に、追われるように東京を去って、故郷の方へ帰ってゆく人達を見るが好い。憔悴したその額には、もはや若さも力もない。〈羽虫とは山の朽木《くちき》に住むべきを里に出るとは己が誤り〉という虫除《むしよけ》の歌を、東京へ出た頃よんで悲観した当年の自分を思い出す。技能があるとか手職を持っているとかしないでは、ついに機械に使われたり小賢しい商人の雇人《やといにん》に終るであろう。

「背戸の柿の木に、今年はうんと柿が生《な》ったとよ」故郷へ帰る汽車の中で、なつかしい生れた山を思い出した若者の、この単純な喜びの中《うち》にも、幸福はある。

20

現金取引の事

下町に住んでいたある男は九月中旬の吉日を選んで結婚する筈であった。その日も会社の暇を得て、三越へいって二人寝台《ダブルベッド》の毛布団を買って勘定を払った所で、あの騒ぎ、やっと外へ出ると、勤め先の会社は落ちている。宿へ帰って見るとこれも丸焼。その日の夕方、やっと井の頭の親戚まで辿《たど》りついたが、鶴見にいる花嫁が案じられて、見舞に行きたいにも乗物はなし、歩いて行っては時節柄命が危うし、思い付いて自転車の稽古をはじめた。手足を傷だらけにしてやっと遠乗《とおのり》の自信が出来たのは七日目だった。やっとこさ鶴見へいって見ると、被害はなかったので花嫁は涼しい顔をしていたそうだ。悄然《しょうぜん》と帰ってきたその男の言うには、

「こういう際だから結婚は当分見合せてくれと言うんです」

「こういう際を破婚の理由にするのはすこし非道《ひど》いね」

「ええ、でも僕が無一物になって職を失ったからです、どうも仕方がありません」

「この際お得意様にてもすべて現金にて取引願い上候《あげそろ》という酒屋みたいなものだね」

「でも自転車の曲乗が出来るようになったからあきらめるんだね」

21

バビロンの昔

「白木屋前お降りの方はありませんか」今に市街自動車の車掌はそう言う。白木屋はもう跡形もない。

「ここがそれ昔銀座と言って大そう賑やかな街だったよ」と乗合馬車の上から田舎の青年に教えている紳士があった。

「ここで昔勘彌という名優が〈お国と五平〉をやって大入をとったものさ」

帝劇の前で、菊五郎格子の手拭《てぬぐい》を一本五銭で売ったり、〈惨酷なエハガキ〉の密売を誰がしようと思ったろう。

死骸の指からでも抜き取ったか、焼跡からでも掘出《ほりだ》したように見せかけて、文銭の指輪を煙でいぶして、見栄坊な人間の弱点を二重につけこんで売《うり》つけている商人がある。

命を二つも三つも拾った素裸《すはだか》身の人間は、もう命が惜《おし》くもないらしい。浅草公園では手荒い喧嘩《けんか》の四つ五つない夜はないそうだ。

酒だ、女だ、いつ死ぬか人間に何がわかる、観音様だけが御存じだ。そして喧嘩だ。

東京は、バビロンの昔に還《かえ》った。

解説

末國善己

一九二三年八月二〇日、竹久夢二は「都新聞」の朝刊で初の本格的な新聞小説「岬」の連載を始めた。夢二は、一九一四年に自身がデザインした絵葉書、小物などを売る港屋絵草紙店を開き、一九一六年からセノオ楽譜の表紙画を担当、一九二三年五月には、同人に夢二のほか中沢偉吉、久本信男、恩地孝四郎、顧問に岡田三郎助、藤島武二、文案顧問に久米正雄、田中純、吉井勇を迎え、あらゆる図案、文案、美術装飾を請け負うどんたく図案社を設立していた。人気絶頂期にスタートした新聞連載は、小説欄の約三分の二が夢二自身の挿絵になっており、画家・夢二を全面に押し出す企画だったことがうかがえる。

物語は、「九十九里の北端、犬吠岬の避暑地」で、一人の男が「やっと二十を越したかと思われる」女が乗った「揺藍車《うばぐるま》」を押す場面から始まる（1）。男は学生時代から「天才」と評判だった画家の葉山草太郎で、海外へ行く予定だったが直前で取りやめ、辺鄙《へんぴ》な海岸に家を建て「揺藍車」の女と暮らしていた。噂話によると、女は足が不自由で、その原因は「なんでも十七の時とかに死ぬつもりで高い所から飛降りて、足だけ折れて生き残った」（2）からだという。「岬」は過去に遡《さかのぼ》り、葉山と女に何があったのかを軸に進んでいたが、関東大震災により九月一日の第十三回で中断。一ヶ月後の一〇月一日に連載が再開し、一二月二日に完結した。震災で「都新聞」も休刊したが、九月四日に刊行を再開。「岬」を休載していた夢二は、九月一四日から一〇月四日まで被災した東京を絵と文章でレポートする「東京災難画信」を連載している。これに似たルポルタージュには川村花菱・文、山村耕花・画の「大震災印象記　大正むさしあぶみ」（「夕刊報知新聞」一九二三年九月三〇日〜一一月一日）、四四人が参加した黎明社編輯部編『震災画譜　画家の眼』（黎明社、一九二三年一二月）などがあるが、夢二の取り組みはかなり早かったといえる。

夢二たちが設立したどんたく図案社は、震災で機関誌「図案と広告」の印刷を依頼した会社が罹災するなどしたため、事実上、活動を終了した。

新聞小説「岬」と、その休載中に連載された「東京災難画信」を初めてまとめた本書『岬　附・東京災難画信』は、関東大震災前後の夢二の動行を知る上でも重要な一冊である。

父を破滅させた成金の壮田勝平に復讐するため結婚した男爵令嬢の瑠璃子が、恋人の杉野直也のため結婚後も貞操を守りつつ男たちを翻弄する菊池寛「真珠夫人」（「大阪毎日新聞」、「東京日日新聞」一九二〇年六月九日～一二月二二日）は、女性読者に圧倒的な人気で迎えられた。それから菊地は「真珠夫人」のような通俗小説を量産するようになり、そのブームに乗ろうと新聞社、出版社もほかの作家に似た傾向の作品を頼むようになる。「真珠夫人」は、湯河原で療養中の妻の見舞に行く途中で自動車事故に遭った渥美信一郎が、「雑記帳」を「捨てて――捨てて下さい！　海へ、海へ」、「時計」を「返して下さい」、「瑠璃子！　瑠璃子！」という言葉を残して絶命した青年・青木淳の願いをかなえるため壮田瑠璃子を訪ね、二人に何があったのかという謎が物語を牽引する。まず現在の謎めいた状況を提示し、ヒロインの処女性の行方をからめつつ回想で真相を明らかにする展開は「岬」も同様なので（「真珠夫人」は再び現在に戻ってからも物語が続き、筋立ても複雑だが）、夢二も「真珠夫人」の影響を受けていたのかもしれない。

葉山が美術学校の学生だったのは「一品洋食と自然主義の全盛時代」（４）、「二百三高地とかハイカラとかいう髪の流行《はや》る頃」（５）とされているので、日露戦争後の一九〇五年頃と思われる。卒業制作に流行とは逆の「ひどくロマンチック」な題材「久遠の女性」を選び、モデルとして「いつまでも処女性を失わない、夢を捨てない女性」（４）を探していた葉山は、学校にモデルの仕事で来ていた「十五六」（５）歳の少女・中川みきに魅了され、モデルになってほしいと頼む。約束の日に本当にみきが画室に来てくれるか心配し、「彼女を裸体にすることの困難さ」を感じていた葉山だったが、それは「杞憂《きゆう》」に終わり、すぐに裸になったみきは「未知の前にたつはじらいもぎごちなさも感じないもののように、ただ自分の仕事を忠実に果たそう」とした。そんなみきを見た葉山は「彼女の素晴しく美しい肉体より、小鹿の脚のようにすんなりした其《そ》の四肢よりも、素直な自由な心持」を喜んだ(11)。秋田県の「湯田川という小さな温泉場」で生まれたみきは、夢二のミューズだった同じ秋田出身のお葉(永井カ子《ネ》ヨ。お葉は夢二が付けた別名)がモデルと思われる。

葉山は、みきの手相を見るなどして親密な関係になっていくが、そこで震災による中断が入る。震災を挟んで連載されていた小説には、里見弴《とん》の通俗長編「火蛾」(「主婦之友」一九二三年九月号〜一九二四年三月号)などのように、従来のストーリーから離れ震災の記録に重点を置く作品もあったが、「岬」は冒頭の「揺藍車」のシーンに繋がるように物語が進んでおり、その意味では大きな破綻はない。

これは、震災のレポートは「東京災難画信」で十分に筆をふるったことも大きいだろうが、みきのトラブルを解決するため秋田に向かった葉山が、雪崩《なだれ》で汽車が足止めされた時「不慮の天災が運命を換るために起ったような気」(49)がしたと考えるなど、震災の影響は随所に見て取れる。なお汽車の中で葉山が読んでいる久米正雄の『不死鳥』(新潮社、一九二〇年六月)は、夢二が装幀を担当したものなので、さりげない宣伝といえるだろう。

だが休載の前と後では、微妙な齟齬もある。連載再開の直後、葉山の卒業制作は「絵具を塗ってゆく」段階に入るが、そこで停滞してしまい「技巧の未熟」を認められない葉山は、「憎悪に充《み》ちた眼」でみきを「瞰《にらみ》つけた」。みきもどうすれば葉山の機嫌が直るか分からず、前に葉山が喜んだ「おばこ節」を歌うことを考えるが、「いまやったら叱られそう」と判断して黙るなど(15)、初めてヌードになった時に服を脱いだ「カーテンの中」から「緑の森を飛ぶ白い小鳥のよう」に現れた「自由で、自然で、晴や」(11)かさがなくなっている。卒業制作が巧く進まない葉山も、みきを気遣う余裕を失ってしまうのである。

この急激な転調にあわせるかのように、みきは次々と不幸に見舞われる。まずは「過去の家族関係の義理合」で決められた葉山の許嫁《いいなずけ》で「裕福な商人の娘」である佐保子が、みきのライバルとして登場する（18）。みきは「本郷辺のある医者」に「囲われている」（20）姉によって、別の旦那に囲われることになり、家の事情を告げて葉山のもとを去ってしまう。

ヒロインが不幸になっていくのは、片岡陸軍中将の娘・浪子が、海軍少尉の川島武男と結婚するも、結核に罹《かか》り夫の留守中に姑《しゅうとめ》のお慶によって離縁される徳富蘆花「不如帰《ほととぎす》」（『国民新聞』一八九八年一一月二九日～一八九九年五月二四日）、大学医科の塚口虔三と肉体関係を持ち妊娠するも騙されたと気付いて投身自殺をするが、老女に助けられ玉太郎を生んだ豪農の娘・箕輪環《たまき》が、過去を隠して桜戸隆弘子爵と結婚するものの良心の呵責《かしゃく》と罪の暴露に怯《おび》える菊池幽芳「己が罪」（『大阪毎日新聞』一九〇〇年一月一日～五月二〇日）など、大正期の通俗小説の前身ともいえる明治の家庭小説の時代から定番だったので、夢二も積極的に取り入れたのではないだろうか。

夢二は「岬」の「作者附記」に、「女の嫉妬について、三つの話を書くつもりであったが、この話一つで、遥かに予定の回数を超えてしまった」ので「ひとまずこの話だけで打切りにしました」と書いている（一五六頁）。連載に先立って発表した「自画自作小説『岬』について」の中には、書かれなかった二つの物語の内容が「軍人の妻は、日本の古い家庭主義の中に育った、貞淑で内気な消極的な愛を描いたので、夫の無実の嫉妬にわずかに反抗して、死んで身の潔白を明《あきら》かにする」、「伯爵夫人は、所謂《いわゆる》『危険なる年齢』に達した上流の婦人が、爛熟した肉体と、いまや過ぎ去ろうとする青春に別れる焦慮から、夫ならぬ男に身を任せ、少女時代の夢をわずかに取り戻した刹那《せつな》、夫のピストルの下《もと》に倒れ、心残りなく死んでゆく」とまとめられており（五頁）、いずれも明治の家庭小説的なエッセンスがうかがえる。

葉山が「揺藍車」を押す場面から始まる「岬」は、最初からヒロインが不幸になることが織り込まれており、読者の興味の一つは、みきがどんな悲劇に襲われるかにあったことは想像に難《かた》くない。みきは姉の策謀で囲われ者にされそうになり、葉山の同級生たちの尽力もあり恩師の南風先生に預けられるが、そこでも予想外の事態に遭遇するが、こうした悲劇は当初から構想されていたのだろうか。「自画自作小説『岬』について」によると、「純朴な素質と、すぐれた魂の持主」の「モデル娘」を主人公にした「岬」は、「卑しい境遇にいながら、正しい自分の道を見出《みいだ》して、白熱した愛の火中に身を投じ」る物語になる予定としているが、これは実際の展開と微妙に違っているように思える。

もしかしたら「岬」は、モデルになったばかりの頃の天真爛漫なみきと、天才画学生の葉山が、東京の最新風俗を背景に自由恋愛を繰り広げる物語だったが、途中で方向転換して明治の昔から書き継がれた伝統的な悲恋ものに変えられたのではないか。もしそうであるなら、その切っ掛けになったのは震災である。

震災の直後から、未曾有の災害に襲われたのは、物質万能主義、自由恋愛、女性解放、社会主義などの広がりで日本人の伝統的な倫理観が低下したので、それを天が罰したとする天譴論《てんけんろん》が唱えられた。その急先鋒の一人が、「今回の大しん害は天譴だとも思われる」、「この文化は果して道理にかない、天道にかなった文化であっただろうか。近来の政治は如何、また経済界は私利私欲を目的とする傾向はなかったか」、「この天譴を肝に銘じて大東京の再造に着手せなければならぬ」（「報知新聞」夕刊、一九二三年九月一〇日）などの文章を残す実業家の渋沢栄一で、天譴論は実業家、政治家などに支持者が多かった。

みきのモデルと思われるお葉は、洋画家の藤島武二、責め絵が有名な伊藤晴雨の後に夢二のモデルになるが、夢二は奔放なお葉に振り回されている。みきが不幸になるのはお葉への意趣返し的な意味合いがあったようにも思えるが、天譴論が一定の賛同を獲得する中で自由恋愛、奔放な恋愛は書きづらい空気になり、みきを処女性で悩む等身大の女性にし、その転落を軸とする古い物語にしたようにも思える。「岬」の二つの物語が書かれなかったのは単にみきの物語が長くなったからだけでなく、ヒロインが不倫をしたり、性に奔放だったりと、当時は非倫理的と思われた行動に走るためだったのかもしれない。

「岬」が当初の構想通りに執筆されたと思えないのは、紆余曲折を経て葉山のところへ戻ったみきの行動が唐突で、その言動や心理に納得できないのも大きい。予定とは違った展開を作ったものの、最後には「揺藍車」のシーンに繋げなければならないので、夢二が伏線もないまま強引に幕引きをはかったと考えなければ、つじつまが合わないのだ。この解釈が正しいのかは、実際に読んで判断してほしい。

叙情的な美人画で一時代を築き、最新の商業美術であるグラフィックデザインの世界で活躍した夢二だが、プロとして最初期の仕事に、社会主義の結社・平民社の機関誌「直言」のコマ絵があり、近年の研究で、少年が殺され臀部の肉が切り取られた武林男三郎事件、日露戦争の講和条約であるポーツマス条約に反対する集会が日比谷公園で開かれるも暴動に発展した日比谷焼打事件、公害問題が発生していた足尾銅山で、坑夫が待遇改善を訴えて施設を破壊するなどした足尾騒擾《そうじょう》事件の公判スケッチを「法律新聞」に発表した可能性が高くなっている。夢二が社会問題に関心を持ち、その絵の題材から庶民や労働者に同情的だったことも分かってきたのだ。震災のカタストロフィではなく、浅草観音堂でおみくじを引く人たち、「市役所の施しの自動車」（3）の前に列を作る人たち、再会を喜ぶ家族など被災者の生活に焦点を当てた「東京災難画信」にも、その特質が端的に現れている。震災後の流行語「この際だから」を使って、婚約を破棄された男を描いたユーモラスな作品があることに驚かされるが（20）、ここにはどんな時も娯楽や笑いが必要という夢二の信念も感じられる。

建物が倒壊し見る限り「瓦の波」が広がり、その上を匍《は》って進むも「ふわりふわりと揺れて」、「歩けない」状況を「独逸《ドイツ》の表現派の絵」になぞらえ（5）、「子供がクロポトキン酒や虚無酒やマルクスというパイを食っているポスター」を「宣伝の主趣《しゅしゅ》があんまり露骨で浅い」と評するなど（16）画家らしい視点も興味深く感じられた。

「東京災難画信」の中でも最も有名なのは、「自警団遊び」（6）だろう。

「どうも日本人じゃあない」顔をしている「豆腐屋の万ちゃん」を「敵」にして、「郊外の子供達」

が「自警団遊び」を始めた。「竹槍で突くんだろう」と嫌がる「万ちゃん」を、仲間たちは「そんな事しやしないよ。僕達のはただの真似《まね》なんだよ」となだめるが、敵役を引き受けようとはしない。そこに餓鬼大将《がきだいしょう》が現れ、「万公！　敵にならないと打殺《ぶちころ》すぞ」と嚇《おど》して無理矢理、敵にすると、「追《おい》かけ廻《まわ》しているうち真実《ほんとう》に万ちゃんを泣くまで殴りつけてしまった」。夢二は「子供達よ。棒切を持って自警団ごっこをするのは、もう止めましょう」という「極めて月並みの宣伝標語」で幕を閉じている。

震災の翌日の九月二日、東京、神奈川、埼玉、千葉に戒厳令が布告（解除は一一月一五日）され、新聞、雑誌は厳しい報道規制を受けた。動員された警察と軍は、争乱を起こす危険があるとして、朝鮮人、社会主義者、労働組合らを監視、検挙したが、過剰に反応し、憲兵大尉の甘粕正彦がアナキストの大杉栄、伊藤野枝、大杉の甥の橘宗一を憲兵隊特高課に連行して殺した甘粕事件（九月一六日）、亀戸警察署に一〇名の労働組合員が捕えられ、習志野騎兵第一三連隊の兵士に殺された亀戸事件（殺害は九月三日、四日、五日頃）などが起きている。こうした社会不安を煽《あお》る事件は報道が禁止され、大杉らの殺害が報じられたのは一〇月八日、亀戸事件を警察が発表したのは一〇月一〇日だった。

朝鮮人が井戸へ毒物を投入したり、暴動を起こしたりしているとの流言飛語は震災直後から報道が続き、各地で組織された自警団による朝鮮人の殺害も多く発生した。自警団が何の罪もない朝鮮人を殺した事実は九月下旬から断片的に報じられるようになるが、自警団の不法行為への批判、総括が本格化するのは一〇月二〇日以降である。それだけに、九月一九日にいち早く「自警団遊び」を掲載した夢二が、どれほど先見的だったかが分かるはずだ。

朝鮮人をめぐる流言飛語に惑わされず、自警団に批判的だったのは夢二だけではない。

芥川龍之介「大震雑記」（「中央公論」一九二三年一〇月号）には、「善良なる市民」を自任する芥川が、菊池寛に「大火の原因は〇〇〇〇〇〇〇〇そうだ」といったところ、即座に「嘘だよ、君」と一喝したとある。続けて「何でも〇〇〇〇はボルシェヴィッキの手先だそうだ」というと、またも菊池は「嘘さ、君、そんなことは」と叱りつけたという。「ボルシェヴィッキと〇〇〇〇との陰謀」を信じるのが「善良なる市民」と考え「自警団の一員」でもある芥川は、「野蛮なる菊池寛は信じもしなければ信じる真似もしない。これは完全に善良なる市民の資格を放棄した」と書く。「ボルシェヴィッキ」の手先とされた伏字の「〇〇〇〇」は、おそらく朝鮮人の差別表現である「不逞鮮人」と思われる。夢二も「自警団遊び」の中で、朝鮮人や「不逞鮮人」を使わず、「どうも日本人じゃない」と敵の正体を曖昧にしているが、これが夢二の優しさだったのか、検閲対策だったかは判然としない。なお菊池寛は「災後雑感」（「中央公論」一九二三年一〇月号）で、渋沢栄一の震災天譴論についても、「やられてもいい人間が、いくらも生き延びているではないか。渋沢さんなども、……自分の生き残っていることを考えて、天譴だなどとは思えないだろう」と皮肉っているのが面白い。

寺田寅彦も「震災日記より」に「井戸に毒を入れるとか、爆弾を投げるとかさまざまな浮説が聞こえて来る。こんな場末の町へまでも荒して歩くためには一体何千キロの毒薬、何万キロの爆弾が入《い》るであろうか、そういう目の子勘定だけからでも自分にはその話は信ぜられなかった」と科学的な分析を加えているが、流言飛語に冷静に向き合う表現者は少数派だった。稲垣達郎「関東大震災と文壇」（「国文学」一九六四年一〇月号）によると、震災後に起きた甘粕事件、亀戸事件、朝鮮人の虐殺のうち、文学者の発言が最も少ないのが朝鮮人の虐殺だという。「救済団」（9）では「階級の差別」、「男女の区別」の撤廃を訴える女性たちに対し、「女が悉《ことごと》く盲縞のつんつるてんになって、どんどん男の仕事を奪って共同の事業をする時代を喜ばねばならないだろうか」と感想をもらすなど、「東京災難画信」には夢二の前時代性も散見されるが、東日本大震災や新型コロナウイルス感染症のパンデミックの混乱を想起させるエピソードもあり、非常時における日本人の普遍的な心性を浮かび上がらせていて、いま読んでも古さを感じさせない。

「東京は、バビロンの昔に還《かえ》った」（21）の一文で終わる「東京災難画信」は、喉元すぐれば熱さを忘れてしまいがちな日本人気質を批判しており、どのようにすれば歴史から学べるのかを考えるヒントも与えてくれるのである。

【著者・解説者略歴】

竹久夢二（たけひさ・ゆめじ）

画家・詩人・デザイナー・作家。1884年岡山県生まれ（本名・茂次郎）。1901年に上京し、翌年、早稲田実業学校に入学。1905年、平民社の機関誌「直言」にコマ絵を発表、その後「平民新聞」にも絵や文章を発表する。翌年には「東京日日新聞」、「女学世界」、「文章世界」などからも依頼を受けるようになり、早稲田実業学校を中退。1909年に初の画集『夢二画集　春の巻』（洛陽堂）を刊行。1914年、日本橋に自身がデザインした小物などを売る「港屋」を開業。以降、画家、詩人、グラフィックデザイナー、翻訳家、小説家として幅広い活躍を続ける。1931年から33年にかけて欧米各国を訪問。1934年、49歳で逝去。小説作品に、「岬」（1923）、「秘薬紫雪」（1924）、「風のように」（同）、「出帆」（1927）などがある。

末國善己（すえくに・よしみ）

文芸評論家。1968年広島県生まれ。編書に『国枝史郎探偵小説全集』、『国枝史郎歴史小説傑作選』、『国枝史郎伝奇短篇小説集成』（全二巻）、『国枝史郎伝奇浪漫小説集成』、『国枝史郎伝奇風俗／怪奇小説集成』、『野村胡堂探偵小説全集』、『野村胡堂伝奇幻想小説集成』、『山本周五郎探偵小説全集』（全六巻＋別巻一）、『探偵奇譚 呉田博士《完全版》』、『《完全版》新諸国物語』（全二巻）、『岡本綺堂探偵小説全集』（全二巻）、『戦国女人十一話』、『短篇小説集 軍師の生きざま』、『短篇小説集 軍師の死にざま』、『小説集 黒田官兵衛』、『小説集 竹中半兵衛』、『小説集 真田幸村』（以上作品社）などがある。

岬　附・東京災難画信

2022年10月25日初版第1刷印刷
2022年10月30日初版第1刷発行

著　者　竹久夢二
解　説　末國善己

発行者　青木誠也
発行所　株式会社作品社
〒102-0072　東京都千代田区飯田橋2-7-4
TEL.03-3262-9753　FAX.03-3262-9757
https://www.sakuhinsha.com
振替口座00160-3-27183
装　幀　　水崎真奈美（BOTANICA）
本文組版　前田奈々
編集担当　青木誠也
編集協力　鶴田賢一郎
印刷・製本　中央精版印刷株式会社

ISBN978-4-86182-933-8 C0093

【作品社の本】

野村胡堂伝奇幻想小説集成

末國善己編

「銭形平次」の生みの親・野村胡堂による、入手困難の幻想譚・伝奇小説を一挙集成。
事件、陰謀、推理、怪奇、妖異、活劇恋愛……
昭和日本を代表するエンタテインメント文芸の精髄。
【限定1000部】

ISBN978-4-86182-242-1

山本周五郎探偵小説全集（全六巻＋別巻一）

末國善己編

第一巻　少年探偵・春田龍介／第二巻　シャーロック・ホームズ異聞／第三巻　怪奇探偵小説／第四巻　海洋冒険小説／第五巻　スパイ小説／第六巻　軍事探偵小説／別巻　時代伝奇小説

山本周五郎が戦前に著した探偵小説60篇を一挙大集成する、画期的全集！
日本ミステリ史の空隙を埋める4500枚の作品群、ついにその全貌をあらわす！

ISBN978-4-86182-145-5（第一巻）　978-4-86182-146-2（第二巻）
978-4-86182-147-9（第三巻）　978-4-86182-148-6（第四巻）
978-4-86182-149-3（第五巻）　978-4-86182-150-9（第六巻）
978-4-86182-151-6（別巻）

岡本綺堂探偵小説全集（全二巻）

第一巻　明治三十六年～大正四年／第二巻　大正五年～昭和二年

末國善己編

岡本綺堂が明治36年から昭和2年にかけて発表したミステリー小説23作品、
3000枚超を全2巻に大集成！　23作品中18作品までが単行本初収録！
日本探偵小説史を再構築する、画期的全集！

ISBN978-4-86182-383-1（第一巻）　978-4-86182-384-8（第二巻）